Les Aventures involontaires des Sœurs Mouais

À toutes les filles.

Kara LaReau

LES AVENTURES INVOLONTAIRES DES Sœurs Mouais

MAYDAY !

Écrit par

Kara LaReau

Illustré par

Jen Hill

Traduit de l'anglais (américain) par

Rosalind Elland-Goldsmith

Little Urban

LES AVENTURIERS INVOLONTAIRES

AUBÉPINE ET CLÉMENTINE

BERT

HATTIE

OMAR

BEATRIX

RICKY

NEHY ET NEFRET

VICTOR

UGO

MORNEVILLE

EN AVION, LES PRINCIPAUX INSTRUMENTS DE BORD SONT L'HORIZON ARTIFICIEL, L'ANÉMOMÈTRE, LE GYROSCOPE, L'INDICATEUR DE CAP, LE VARIOMÈTRE ET L'ALTIMÈTRE.

On décolle ! avec Ulysse Deuzelles

CHAPITRE I

Aubépine avait envie de vomir.

— J'ai envie de vomir.

Sa voix était étouffée parce qu'elle avait les mains plaquées sur sa bouche.

Pour autant, Clémentine n'eut aucun mal à comprendre. Elle-même avait vomi il n'y a pas si longtemps, quand, prises en otage à bord d'un bateau pirate, elles avaient absorbé une bonne dose de ragoût douteux. Cette fois, c'était au tour d'Aubépine d'être pâle comme un linge et toute transpirante.

Alors que leur dernière aventure s'était déroulée dans un train, les sœurs Mouais se trouvaient à présent à bord d'un avion piloté par une femme missionnée par leurs parents pour les secourir d'un mystérieux inconnu.

— Au fait, moi, c'est Beatrix, se présenta la pilote. Beatrix Anciel.

Beatrix portait un casque en cuir et des lunettes d'aviateur, si bien que presque tout son visage était camouflé sauf son sourire – un sourire rassurant aux yeux de Clémentine. Aubépine, elle, ne pouvait rien faire d'autre que gémir.

Manque de chance, il n'est pas aussi facile de vomir dans un avion que dans un bateau, où il suffit de se pencher par-dessus le bastingage. Clémentine chercha un récipient, n'importe quoi ferait l'affaire... Tout ce qu'elle trouva fut une sorte de gros sac à dos rempli à ras bord.

— Tiens, dit-elle en tendant le sac à sa sœur. Tu n'as qu'à te servir de ça.

Aubépine marmonna un « merci » et attrapa le sac d'une main tout en gardant l'autre sur sa bouche.

— Tout va bien derrière ? demanda Beatrix.

L'avion n'était en vol que depuis quelques minutes. Il n'avait pas fallu plus de temps à Aubépine pour passer de la surexcitation à la désorientation, à la nausée. Clémentine, en revanche, était toujours aussi surexcitée.

— Quelle expérience incroyable ! s'extasiait-elle, en observant par le hublot les nuages qui flottaient plus bas.

À côté d'elle, Aubépine finissait de vomir.

— Difficile de se contenir, ajouta Clémentine.

— Vous auriez... de l'eau ? articula péniblement sa sœur.

La pilote attrapa une gourde sur le plancher et la lança à Aubépine qui l'attrapa de justesse.

PARACHUTE DE S
PARACHUTE DE SEC
PARACHUTE DE SECOURS

— Tout le monde ne supporte pas l'avion, commenta Beatrix. Moi, je n'ai jamais eu le mal de l'air, malgré deux crashs !

— Deux ? répéta Aubépine d'une voix faible.

Cette nouvelle ne l'aida pas à se détendre – ni elle, ni son estomac.

— Le premier n'était pas vraiment un crash, nuança la pilote. Plutôt une boucle au sol pendant le décollage, et j'ai fini dans un tracteur. L'équipage a voulu me faire porter le chapeau mais l'enquête a prouvé qu'un des pneus était crevé.

— Ah, quand même... fit Clémentine, un peu rassurée.

— Le second crash, en revanche, était entièrement ma faute. Sans aucun doute. Mais je ne m'en veux pas trop parce que cet accident m'a permis de rencontrer vos très chers parents.

— Nos parents ? répétèrent les sœurs Mouais.

— Youhouuu! fit Beatrix.

L'avion se mit à vibrer. Aubépine recommença à gémir.

— Rien de bien méchant, les filles. Ce ne sont que de petites turbulences, assura l'aviatrice.

À bord, tout gigotait, y compris les sœurs Mouais. Clémentine se cogna la tête plus d'une fois contre le plafond. Au bout de quelques minutes, les secousses s'arrêtèrent.

— Vous voyez? demanda Beatrix. Rien de bien méchant. Haut les cœurs!

— Ou plutôt « haut-LE-cœur », protesta Aubépine, les deux mains sur l'estomac.

— La suite du vol sera calme, promit Beatrix.

Et, en effet, la suite du vol fut si calme qu'Aubépine sentit le sommeil la gagner. Elle imagina que sa mère était à ses côtés. Ces derniers temps, les sœurs Mouais pensaient à leurs parents de plus en plus souvent et s'étaient rendu compte qu'ils leur manquaient. C'était même une véritable douleur que ressentait Aubépine quand elle se rappelait sa maman leur enseignant, à elle et à sa sœur, sa technique d'endormissement.

« Fermez les yeux et imaginez que vous flottez haut, plus haut, encore plus haut, le long d'un escalier invisible jusqu'à un nid douillet fait de plumes et de velours », murmurait-elle chaque soir.

Et cela marchait à merveille.

Aubépine imagina donc sa mère lui soufflant ces mots, sans oublier auparavant de sortir d'une de ses nombreuses poches de tunique un petit scarabée vert datant de leur dernière aventure. C'était ce scarabée que convoitait le mystérieux inconnu qui avait mis leur maison à sac. En effet, les sœurs Mouais avaient découvert que l'objet, s'il était bien placé sous leur tête, leur permettait de communiquer avec leurs parents dans leurs rêves.

Aussi, bien que le scarabée soit assez gros, Aubépine ne tarda pas à s'endormir.

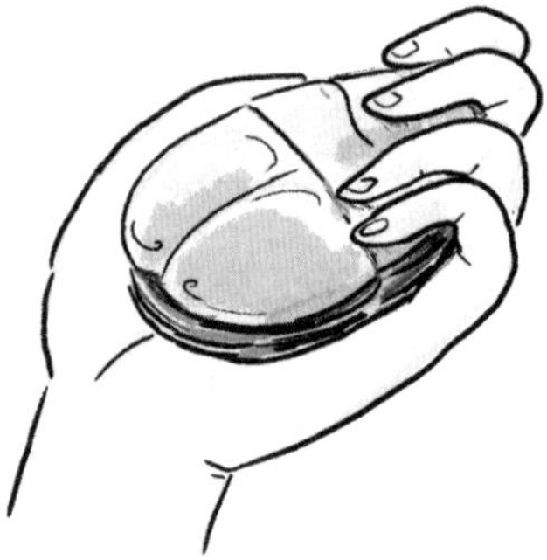

Dans son rêve, il neigeait et il faisait très, très froid. Tout en claquant des dents, Aubépine gravissait les marches de ce qui semblait être un château. Elle franchit la porte – de l'autre côté, il faisait beau et chaud. Ses parents se tenaient à quatre pattes dans un champ rempli de fleurs. Sa mère semblait creuser la terre. Son père adressa à Aubépine un regard inquiet.

Il donna un coup de coude à son épouse.

— Regarde, chérie, je crois que c'est Aubépine.

La jeune femme leva la tête et sourit.

— Mais oui !

En regardant mieux, Aubépine s'aperçut que sa mère ne creusait pas le sol, mais qu'elle tapotait quelque chose qui s'y trouvait avec une toute petite truelle. De l'autre main, elle frottait la terre avec une brosse à poils drus pour déterrer cette chose.

— Oh, comme j'aimerais te serrer dans mes bras, dit-elle. Mais, dans les rêves, on ne peut pas exactement contrôler ce qu'on dit ou ce qu'on fait.

— Et, dans les rêves, l'essentiel de ce qu'on voit a un autre sens, un sens caché, ajouta son père, en battant un jeu de cartes blanches. C'est un peu comme un jeu. Nous espérons que vous comprendrez cela par vous-mêmes, ta sœur et toi. Nous avons tant de choses à faire, et si peu de temps...

— Comprendre quoi ? questionna Aubépine.

Un garçon et une fille surgirent alors de nulle part. Ils avaient la peau et les cheveux très sombres, chacun portait une magnifique tunique blanche et plissée, ainsi qu'un collier serti de joyaux. Ils regardèrent Aubépine puis levèrent les yeux au ciel.

— Elle a beaucoup à apprendre, confia le garçon à sa sœur.

— Qui êtes-vous ? demanda Aubépine.

— Les scarabées sacrés sont en usage, annonça le garçon. Et, lorsque les scarabées sont en usage, leurs détenteurs d'origine sont convoqués.

— Ces scarabées nous appartiennent, renchérit la fille. Rendez-nous notre bien !

C'est alors qu'intervint la mère d'Aubépine :

— Chaque chose en son temps, dit-elle. Chaque chose en son temps.

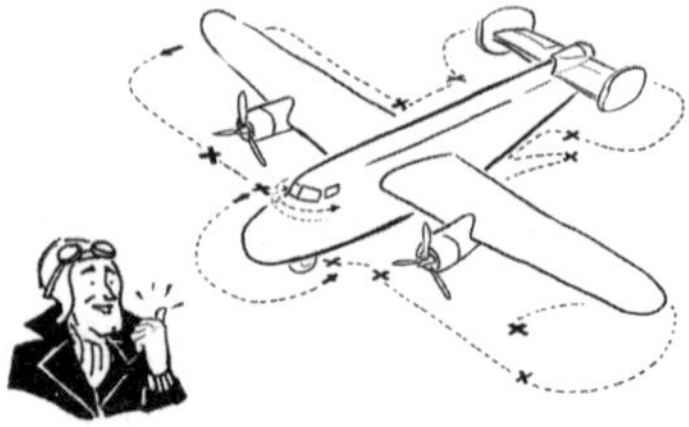

POUR VOUS ASSURER QUE L'HÉLICE NE HEURTE PERSONNE, REGARDEZ PAR LE HUBLOT ET CRIEZ « DÉGAGEZ LA PISTE ! » PUIS, ACTIONNEZ LE DÉMARREUR. SOYEZ ATTENTIF AU GRONDEMENT DU MOTEUR ET DE L'HÉLICE.

On décolle ! avec Ulysse Deuzelles

CHAPITRE 2

Quand Aubépine se réveilla enfin, elle regarda autour d'elle en s'attendant presque à trouver ses parents à ses côtés. Ce qui n'était pas le cas, à sa grande déception. L'avion était toujours en vol et, dehors, le soleil semblait se lever. Le voyage avait-il duré toute la nuit ?

Clémentine était plongée dans un épais ouvrage qu'elle avait trouvé avec les sacs à dos, intitulé *On décolle ! avec Ulysse Deuzelles*, et dont l'auteur était présenté comme un expert de l'aéronautique. Clémentine aimait avoir un livre à lire, et le texte de celui-ci était sobre à souhait, quoique complété de tableaux et d'illustrations. Dès la première page, elle avait été emballée.

— Toujours barbouillée? demanda-t-elle à sa sœur.

— Argh... répondit Aubépine. Barbouillée... mais aussi embrouillée.

— Nous allons bientôt atterrir, expliqua Clémentine. Beatrix doit mettre de l'essence.

L'aviatrice enleva ses lunettes.

— Pendant que je fais le plein, allez petit-déjeuner Chez Ricky, je vous y rejoindrai. Je vous offre le repas. Et commandez-moi un Flash-Rustique!

Les sœurs Mouais découvrirent que Chez Ricky était un café situé dans l'aéroport de la ville de Casablanca. Et le « Flash-Rustique » était un plat composé de : trois pancakes, trois œufs, trois tranches de bacon, trois morceaux de saucisses, trois tranches de jambon et un muffin à la farine de maïs. Il fallut deux serveurs pour tout servir.

Les sœurs Mouais, elles, commandèrent leur petit déjeuner habituel : des flocons d'avoine accompagnés de thé tiède.

— On devrait peut-être attendre Beatrix avant de commencer, suggéra Clémentine en regardant son bol d'avoine fumant.

— Oui, ce serait plus poli, approuva Aubépine.

Elle toucha sa tasse de thé et fronça les sourcils.

— Et puis ça donnera le temps à notre petit déjeuner de refroidir, ajouta-t-elle. En attendant, je vais te raconter mon rêve.

Aubépine décrivit à sa sœur le château sous la neige et le champ fleuri dont elle avait rêvé, ainsi que sa vision de leurs parents et l'étrange manière de leur mère de déterrer un objet dans le sol. Enfin, elle évoqua l'apparition soudaine du frère et de la sœur vêtus de blanc.

— Bref, je n'y comprends rien, conclut-elle.

Elle tapota les poches de sa tunique, confectionnée à partir d'un ancien rideau et d'un tissu de vieux canapé dont les fillettes s'étaient débarrassées depuis longtemps.

— Eh bien, maintenant, je suis aussi embrouillée que toi, admit Clémentine.

Elle suspendit son fidèle sac à dos (qui accueillait désormais son nouveau livre préféré, *On décolle! avec Ulysse Deuzelles)* au dossier de sa chaise. Ce faisant, elle remarqua un client assis derrière elles. Il semblait les scruter, sa sœur et elle, de ses très grands yeux noirs.

— Il y a un homme derrière nous, souffla-t-elle à Clémentine en haussant les sourcils.

— Et?

— Et il nous *fixe*.

Aubépine tourna la tête pour voir.

— Sois plus discrète! gronda Clémentine.

Ricky

Trop tard. Le regard d'Aubépine croisa celui de l'inconnu qui, contre toute attente, sourit et souleva son chapeau.

— Il est poli, c'est tout, dit-elle à sa sœur.

Enfin, Beatrix fit son entrée – une entrée tout à fait théâtrale. Elle salua tous les serveurs et donna aux cuisiniers de grandes tapes dans le dos. Quand elle parvint à la table où l'attendaient les fillettes, elle enleva son casque de cuir et son écharpe, révélant un harmonieux visage à la peau sombre, et des cheveux courts et bouclés. Or, Beatrix n'était pas juste une belle femme, elle était aussi une femme rapide et efficace.

— La *Bécasse Bleue* est prête au décollage, annonça-t-elle. Maintenant, à moi de faire le plein !

Elle entreprit alors d'enfourner la nourriture dans sa bouche à une vitesse spectaculaire. Les sœurs Mouais, quant à elles, prirent quelques bouchées précautionneuses de leurs flocons d'avoine, qui n'étaient ni froids ni pâteux comme elles aimaient, mais elles avaient trop faim pour chipoter.

— Que disiez-vous sur nos parents? demanda Clémentine.

— Eh bien, je me rendais sur l'île de Howland quand le système de navigation de mon avion m'a lâchée, et j'ai dû atterrir en urgence sur l'île des Canons de Guily à la place.

— Vraiment? intervint Aubépine. Nous connaissons cette île!

Clémentine acquiesça. Il n'y a pas si longtemps, une pirate redoutable avait abandonné les sœurs Mouais sur l'île des Canons de Guily – enfin, abandonné provisoirement.

— Alors, vous savez combien cette île est merveilleuse, commenta Beatrix, avant de soupirer. Ah, j'aurais pu y rester pour toujours, à explorer ses moindres recoins et à y étudier la faune et la flore. Mais j'ai croisé la route de vos parents, et nous nous sommes sauvés tous ensemble avec l'aide d'une de leurs amies... la capitaine Anne-quelque-chose...

— Capitaine Anne Tennille! s'écria Clémentine en se rappelant la corsaire héroïque qui les avait secourues elles aussi.

— C'est ça! acquiesça Beatrix en beurrant son muffin.

— Nos parents vous ont-ils dit où ils allaient ensuite? s'enquit Aubépine.

— Votre mère partait affronter un ancien rival, se remémora la pilote. Tous deux m'ont beaucoup parlé de vous, il leur tardait de vous retrouver.

Les sœurs Mouais posèrent leur main sur leur cœur et se regardèrent. La fameuse douleur se faisait de nouveau sentir. Clémentine ferma les yeux et les souvenirs affluèrent.

Elle se rappela une fois où leur père les avait emmenées dans le jardin, sa sœur et elle, et les avait installées sur une couverture dans l'herbe, pendant qu'il jardinait. Aubépine avait pleuré à cause de la vivacité des couleurs des fleurs, alors son papa lui avait protégé les yeux et l'avait ramenée à l'intérieur. Sa main sentait la lavande. Cette odeur, à l'époque, lui avait paru entêtante mais à présent, Aubépine se la remémorait non sans tendresse.

— Vous avez de la chance d'avoir des parents qui vous encouragent à explorer le monde, déclara Beatrix. Les miens ont coupé les ponts avec moi quand j'ai commencé à piloter des avions.

— Ils ne communiquent plus du tout avec vous ? questionna Clémentine.

Au moins, ses parents à elle écrivaient des lettres et lui parlaient dans ses rêves.

— Déjà, ils n'étaient pas ravis quand je suis devenue journaliste. Puis, quand un journal m'a embauchée, ils ont dit ne pouvoir tolérer qu'une chose : que je me cantonne à ces rubriques sans intérêt, vous savez, sur les dernières tendances, les coiffures à la mode, les meilleurs lieux de mariage, *et cætera, ad nauseam*. Moi, je voulais traiter de choses sérieuses, de *vraies* informations. Alors, mon patron a eu une idée : me faire parcourir le monde en avion.

— Quelle chance ! s'exclama Clémentine.

Aubépine, en revanche, à la simple évocation d'un avion, eut un haut-le-cœur. Elle reposa sa cuillère.

— Mais il y avait une entourloupe : il n'était pas prévu que je pilote moi-même. Tout ce que voulait mon chef, c'est que je raconte l'expérience d'une *passagère* à bord d'un nouvel avion de luxe. Il avait loué les services d'un photographe pour me mitrailler à bord, vêtue de différentes tenues. J'avais le sentiment d'être une poupée, pas une journaliste. Il n'y avait qu'un avantage à tout cela : pouvoir voyager aux quatre coins du monde. Quand je suis rentrée chez moi, j'ai tout de suite su que je devais repartir. Mais selon mes règles et comme cela me plaisait. Alors j'ai démissionné du journal et pris des leçons de pilotage. Aux yeux de mes parents, piloter un avion est dangereux.

— Parce que ça ne l'est pas ? demanda Clémentine.

— Si ! admit Beatrix, en piquant plusieurs morceaux de pancakes et de saucisses au bout de sa fourchette. Et c'est pourquoi ça me plaît ! La vie n'a aucun intérêt si on ne prend jamais de risque et qu'on ne relève aucun défi. Vous ne pensez pas ?

Les sœurs Mouais réfléchirent. À force de défis, ne risquait-on pas de ne plus être en vie du tout ?

— J'ai tout plaqué pour suivre une formation de pilote à l'étranger – dans mon pays, personne ne voulait de moi comme élève, expliqua Beatrix.

— Pourquoi pas ? interrogea Aubépine.

— À cause de ma couleur de peau.

Les fillettes échangèrent un regard, puis observèrent la pilote.

— Vous savez ce qu'est un préjugé ? demanda-t-elle en posant sa fourchette.

— C'est une conduite injuste ou agressive fondée sur des idées fausses, récita Clémentine après un bref silence. Voilà ce qu'en disait le *Dictionnaire illustré du Professeur Snobinard*, qui repose en mer désormais.

Il y a peu, les sœurs Mouais avaient été dépossédées de leur dictionnaire tant aimé, mais elles n'avaient pas oublié ses définitions si utiles, et ne les oublieraient jamais.

— Écoutez-moi : lire quelque chose et en faire *l'expérience*, ce sont deux réalités très différentes, déclara Beatrix.

— Certes, nous avons manqué bien des choses, à rester enfermées chez nous pendant toutes ces années, admit Clémentine. Dont certaines désagréables.

— Nous avons encore beaucoup à découvrir, renchérit Aubépine.

— Je vois cela, accorda Beatrix en haussant un sourcil. J'ai passé ma vie à écumer le monde en avion, à apprendre tout ce qu'il y a à savoir, les bonnes comme les mauvaises vérités. En ce moment, je suis en mission spéciale pour le Service des antiquités égyptiennes. On m'a chargée de survoler la vallée des Rois à Louxor en quête de fouilles illégales. C'est ainsi que j'ai renoué avec vos parents.

— Que nos parents ont-ils à voir là-dedans ? interrogea Aubépine.

Beatrix les regarda l'une puis l'autre.

— Vous ne savez pas ? Pour votre mère ?

Clémentine et sa sœur secouèrent la tête.

— Votre mère est née au Caire. Elle y a étudié l'archéologie. Et elle a participé à des fouilles dans la vallée des Rois.

— « L'archéologie est l'étude de l'histoire à travers l'excavation et l'analyse », glissa Clémentine à Aubépine.

— Et « excaver » signifie « creuser », compléta celle-ci. Je me demande si c'est ce que faisait notre mère dans mon rêve...

— Si notre mère est née au Caire, sommes-nous... égyptiennes ? demanda soudain Clémentine à Beatrix.

— À moitié, nuança l'aviatrice en détaillant les deux sœurs des pieds à la tête. Quoique vous ressembliez *bien* plus à votre père.

— Et dire que, depuis tout ce temps, on croyait nos origines enracinées à Morneville ! s'exclama Aubépine.

— Finalement, nous portons en nous une tout autre partie du monde ! continua Clémentine.

— Hattie a rencontré Bert en Égypte, il me semble, reprit Beatrix.

— Hattie... répéta Aubépine.

— ... Et Bert, ajouta Clémentine.

Les sœurs Mouais n'avaient encore jamais entendu le vrai prénom de leurs parents. Elles ne les connaissaient que par ce qu'elles découvraient être leurs pseudonymes : Jean et Marie Mouais, ou encore maman et papa. Aubépine et Clémentine fermèrent les yeux et penchèrent la tête. Rien qu'entendre ces noms les emplissait de nostalgie.

— Bien… dit doucement Beatrix. Depuis combien de temps ne les avez-vous pas vus ?

Les fillettes haussèrent les épaules. Elles n'en avaient plus aucune idée. Leurs parents les avaient laissées le temps de faire « une course ». Depuis, Aubépine et Clémentine avaient appris à se débrouiller seules.

— Quoi qu'il en soit, je sais qu'ils sont très impatients de vous voir, assura la pilote. Et ils sont heureux de savoir que vous allez bien. J'ai eu un colis de leur part hier, avec votre adresse et un bref message pour nous donner rendez-vous dans un endroit secret. Le paquet contenait aussi ce carnet. Ça vous dit quelque chose ?

De sa poche, elle sortit un petit carnet usé.

La couverture du calepin était noire, quoique délavée par le soleil, et les pages à l'intérieur, remplies de notes, de croquis, de cartes et de tableaux, tous tracés à l'encre brune. Les sœurs Mouais reconnurent aussitôt le style.

— C'est l'écriture qui figure sur toutes nos lettres, constata Aubépine en feuilletant le carnet.

Aubépine et Clémentine apprécièrent les couleurs du carnet, gris et marron, car c'étaient leurs couleurs préférées. Aubépine tendit l'objet à sa sœur qui le renifla vigoureusement.

— Hmm... fit-elle en fermant les yeux. Ça sent les épices...

— C'est le journal d'archéologie de votre mère, expliqua Beatrix. Elle a commencé à le tenir quand elle était étudiante. Elle me l'a montré lorsque nous étions sur l'île des Canons de Guily, et m'a dit qu'elle ne s'en séparerait jamais. Alors le fait qu'elle me l'ait envoyé ne peut vouloir dire qu'une chose : danger.

— Pour nous ou nos parents ?

— Les deux. Heureusement, le danger coule dans mes veines.

— Vraiment ? s'étonna Clémentine.

— Non, tout de même pas. C'est du sang qui coule dans mes veines. Ce que je veux dire c'est : n'ayez aucune inquiétude, jeunes filles. Vous êtes entre de bonnes mains.

Une dame surgit soudain à leur table.

— Ai-je bien entendu quelqu'un commander un Flash-Rustique ? demanda-t-elle. Je ne connais qu'une personne capable d'avaler autant de nourriture...

— Ricky ! s'exclama Beatrix, bondissant pour embrasser la nouvelle venue.

Elles se contemplèrent, les yeux dans les yeux, en souriant.

— Ça fait si longtemps...

— Trop longtemps, approuva Ricky.

Elle jeta un coup d'œil aux sœurs Mouais.

— Qui sont ces fillettes ?

— Ma précieuse cargaison, expliqua Beatrix. Ricky, je te présente Aubépine et Clémentine Mouais. Aubépine et Clémentine, je vous présente Ricky. C'est à elle qu'appartient ce café. Toutes les deux, nous avons fait les quatre cents coups dans notre jeunesse.

— Comme le temps passe... soupira Ricky.

— Mais nous aurons toujours Paris ! observa Beatrix.

— C'est vrai, approuva Ricky. Et d'ailleurs, la voici !

Sur ces mots, elle se baissa pour ramasser quelque chose qu'elle montra aux sœurs Mouais. C'était une grosse et apparemment vieille tortue, avec une carapace brune et bosselée.

— Nous l'avons sauvée en France, lors d'une de nos dernières aventures, expliqua Beatrix.

— Dites bonjour à Paris, les filles ! pressa Ricky.

— Bonjour Paris, répondirent en chœur les deux sœurs Mouais.

La tortue rentra aussitôt dans sa carapace.

— Combien de temps restez-vous ? s'enquit Ricky.

— Le temps qu'il faudra pour remplir mon estomac, assura l'aviatrice.

— Pas longtemps, alors, répliqua Ricky en adressant un clin d'œil à Aubépine et Clémentine. Je n'ai jamais vu qui que ce soit manger aussi vite – Beatrix se nourrit plus rapidement qu'un avion en vol ! C'est en son honneur que j'ai baptisé ce plat le Flash-Rustique. Mais attendez... Vous avez dit que vous vous appeliez Aubépine et Clémentine ?

— Non, c'est Beatrix qui l'a dit, déclara Aubépine.

— Mais c'est bien nous, ajouta Clémentine.

— J'ai déjà vu ces prénoms quelque part... marmonna Ricky.

Elle ferma les yeux et ajouta, comme pour elle-même :

— Où était-ce ?

L'écho d'un poste de radio s'élevait de la cuisine, diffusant une douce mélodie.

Ricky soupira :

— Pff... J'ai dit mille fois à mon chef cuisinier qu'il m'était impossible de réfléchir sur un fond de chanson triste.

— Tu n'as jamais été une sentimentale, fit remarquer Beatrix.

— N'empêche que ça va me revenir, insista Ricky.

Elle se retourna vers la cuisine et cria :

— Sam ! Je t'ai demandé de ne plus jouer cette musique !

Alors que Beatrix et les sœurs Mouais poursuivaient leur repas, l'homme aux grands yeux et au chapeau se leva pour payer son addition. Par chance, Aubépine s'interrompit au même instant pour souffler sur ses flocons d'avoine tièdes – elle remarqua alors que l'homme avait volé le sac à dos de Clémentine.

— Au voleur ! cria-t-elle.

— Oh, non ! cria sa sœur. Ce type s'en va avec *On décolle ! avec Ulysse Deuzelles* !

Beatrix se leva d'un bond. Elle fit trébucher le voleur qui s'écroula et lâcha le sac. Mais au moment où l'aviatrice se baissait pour le récupérer, l'homme lui agrippa le bras et la tira au sol à son tour. Ils ferraillèrent ainsi, sur le carrelage, pendant quelques minutes, puis se relevèrent en même temps et reprirent leur bagarre debout.

— Qu'est-ce qu'elle est douée de ses poings, releva Clémentine.

— Malheureusement, lui aussi, tempéra Aubépine.

Enfin, l'homme projeta une chaise en direction de Beatrix qui dut s'écarter *in extremis*. Cela donna à son adversaire juste assez de temps pour saisir le sac à dos et se sauver. Il s'apprêtait à franchir la porte quand...

BONGGGG.

Il heurta de plein fouet une poêle à frire, brandie par Ricky qui se tenait dans l'embrasure de la cuisine. Triomphante, celle-ci annonça :

— Il y a quatre choses que vous ne trouverez pas dans mon café : des rats, des cafards, des chansons tristes et des voleurs !

Les sœurs Mouais en prirent bonne note.

POUR VIRER SUR L'AILE (OU FAIRE TOURNER UN AVION), DÉPLACEZ LE LEVIER À GAUCHE OU À DROITE. GARDEZ L'ŒIL SUR LE CONTRÔLEUR DE VIRAGE ET AJUSTEZ LA GOUVERNE AFIN QUE LA BALLE RESTE AU CENTRE.

On décolle ! avec Ulysse Deuzelles

CHAPITRE 3

Beatrix saisit une cruche d'eau glacée et la versa sur le visage du voleur.

— Qui êtes-vous ? exigea-t-elle en lui agrippant le col.

— Je… je suis Ugo, avoua-t-il enfin. Je vous en prie… Mon maître m'a envoyé pour récupérer son bien.

— Qui est ton maître ?

L'homme garda le silence.

Et elle le secoua un bon coup.

Remplis de peur, ses yeux ressemblaient encore plus à ceux d'un insecte. Il ouvrit la bouche pour parler, mais aucun son ne sortit. Enfin, il leva la main et tendit deux doigts tremblants.

— Deux ? déchiffra Aubépine. Qu'est-ce que ça signifie ?

— Ce n'est pas « deux », corrigea Beatrix en lâchant Ugo qui s'effondra par terre avec un gémissement. C'est la lettre V.

— Qu'est-ce que ça veut dire ? questionna Clémentine en ramassant son sac.

— Qu'il faut filer dare-dare ! répliqua la pilote.

— Que dois-je faire de cette ordure ? intervint Ricky en donnant un petit coup de pied à Ugo du bout de sa botte. J'alerte les autorités ?

— Non, mieux vaut le renvoyer à son « maître », décida Beatrix.

Elle s'agenouilla et souffla à Ugo :

— Dis à « V » qu'il devra me passer sur le corps pour récupérer son prétendu « bien ». Je l'attends de pied ferme.

Elle avala un verre de jus d'orange en une gorgée puis annonça :

— Allons-y, les filles.

— Où ça? demanda Aubépine.

— Je ne sais pas encore. N'importe où sauf ici.

Alors que les sœurs Mouais et la pilote regagnaient la *Bécasse Bleue*, Ricky leur courut après.

— Attendez! Ça m'est enfin revenu! cria-t-elle en agitant une carte postale qu'elle tendit à Clémentine. Ce courrier est arrivé pour vous hier.

Clémentine renifla la carte, puis la passa à Aubépine qui l'imita.

— Une carte de nos parents, constatèrent d'une même voix les fillettes.

— Ils devaient vous informer du lieu de rendez-vous, indiqua Beatrix. Que dit la carte?

— Rien, répondit Aubépine.

D'un côté figuraient la photo d'un chameau et les mots « BAISERS DE LOUXOR. ON PENSE À VOUS! »

— De l'autre côté, ce ne sont que des dessins.

— Montre-moi ça, dit Beatrix en y jetant un œil à son tour.

Elle gloussa et ajouta :

— Ce ne sont pas des dessins, mais des hiéroglyphes.

— Un genre de code? questionna Clémentine.

— En quelque sorte, acquiesça l'aviatrice. Ce sont des caractères anciens faits d'images. Dans ce cas, ils épellent un mot.

— Et quel mot? demanda Aubépine en regardant par-dessus l'épaule de Beatrix.

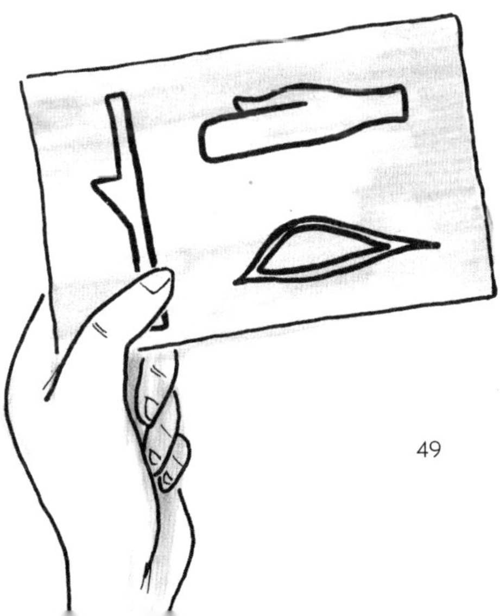

— « QAD », qui veut dire « dormir » en ancien égyptien.

Ricky commenta avec un haussement d'épaules :

— Je ne comprends pas... Comment ce mot peut-il vous aider à retrouver les parents des fillettes ?

— Je sais ! s'exclama Clémentine en se tournant vers sa sœur. Il faut peut-être *dormir* avec le scarabée sous notre oreiller... On pourra alors communiquer avec nos parents, et ils nous diront où les trouver.

Mais Aubépine n'écoutait pas. Les yeux fermés, elle semblait se concentrer très, très fort.

— Sœurette ? demanda Clémentine.

— Ils nous ont déjà dit où ils se trouvaient, répondit enfin Aubépine. Tu te souviens du rêve que j'ai fait dans l'avion ?

— Ce rêve n'avait ni queue ni tête, rappela Clémentine.

— Raconte-moi tout ce que tu as vu, intervint Beatrix.

— D'abord, il neigeait et il faisait très froid. Il y avait un magnifique château. J'y suis entrée mais, d'un coup, j'étais de nouveau dehors. Seulement cette fois, il faisait chaud et beau, et il y avait des fleurs et des plantes partout. Nos parents étaient là et notre mère creusait la terre avec d'étranges outils. Il y avait aussi un garçon et une fille, en tunique blanche, ils voulaient que je leur rende le scarabée. C'est à ce moment que je me suis réveillée.

— C'est bien ce que je disais, conclut Clémentine. Ce rêve n'a ni queue ni tête !

Mais Beatrix n'était pas de cet avis.

— Pas forcément... fit-elle en plissant les paupières. Ou du moins, pas *complètement*. Quand on réunit la neige et un magnifique château, il n'y a qu'un endroit à Louxor qui me vienne à l'esprit : le Palais d'Hiver.

— Le Palais d'Hiver ? répéta Clémentine. Il doit y faire très froid.

— Ça, non, tu peux me croire, assura la pilote.

— Il vous faudra un bon équipement, signala Ricky.

Elle regagna le terminal d'aéroport au pas de course et revint quelques minutes plus tard avec des chapeaux, des lunettes de soleil, des gourdes et un gros flacon de crème solaire.

Les sœurs Mouais acceptèrent bien volontiers ces munitions. Elles ne supportaient que peu le soleil et étaient heureuses de pouvoir s'en protéger.

— Il est temps de repartir, décréta Beatrix qui enfilait déjà ses lunettes et préparait l'avion pour le décollage.

— C'est donc le moment de se dire au revoir, ajouta Ricky.

— Au revoir ! lancèrent les sœurs Mouais, en montant à bord.

— Merci pour les flocons d'avoine ! dit Aubépine. Et pour le matériel !

— Et pour ce truc que vous avez fait avec la poêle à frire ! renchérit Clémentine.

— Au plaisir de te regarder, ma petite, fit l'aviatrice en soufflant un baiser à Ricky.

Dans le cockpit, Beatrix montra les boutons, les leviers et les pédales à Clémentine. Elle la laissa même piloter un peu l'appareil, et lui montra comment sortir et rétracter le train d'atterrissage à flotteurs.

— Nous allons atterrir... sur l'eau ? demanda la fillette.

— Sur une petite rivière. Rien d'insurmontable.

— J'ai un Pressentiment, souffla Clémentine en saisissant la gouverne de direction.

Clémentine avait souvent des Pressentiments, mais celui-ci était difficile à décrire. Il lui donnait la chair de poule et hérissait les poils sur sa nuque.

— On dirait que tu as piloté toute ta vie, la félicita Beatrix. Si seulement tes parents pouvaient te voir !

— Oh, oui, approuva Clémentine avant de lancer pardessus son épaule : Tu as vu, sœurette, je pilote un avion !

— *Beuuuuh*... gémit Aubépine.

Dès la seconde où elle avait embarqué, cette dernière s'était recroquevillée, aussitôt transpirante et verte de nausée.

— Dommage que tu ne puisses pas voir dehors ! cria sa sœur. La terre en dessous de nous est d'un brun parfait !

À noter, toutefois, que le marron étant sa couleur préférée, Clémentine n'était pas tout à fait objective.

— C'est du sable, indiqua Beatrix. Nous survolons le désert.

— Je ne peux pas regarder… assura Aubépine.

Elle ferma les yeux encore plus fort.

— Ta sœur a vraisemblablement peur de l'avion, autrement appelée aérophobie, analysa la pilote. À moins que ce ne soit de l'acrophobie ou familièrement mal de l'air, la phobie des hauteurs, ou de la claustrophobie, la phobie des espaces clos. J'ai tout appris sur les phobies quand j'étais jeune, afin de savoir quoi faire en cas de panique.

— Et c'est déjà arrivé ? questionna Clémentine. Que vous ayez peur ?

— Tout le temps ! C'est même un point de repère pour savoir qu'une situation devient intéressante. Selon moi, la meilleure façon de gérer une peur, c'est de s'y confronter sans détour.

— *Beuuuuurgh*... gémit Aubépine.

Elle n'était plus loin de se confronter sans détour à son petit déjeuner.

Clémentine sortit du cockpit pour s'asseoir près de sa sœur.

— Si je te lisais un peu du carnet de maman ? Entendre ses mots pourrait te faire du bien.

Pour toute réponse, Aubépine geignit de plus belle. Clémentine prit cela comme un signe d'approbation et commença à lire.

Ce Journal appartient à Hatchepsout Umm
Étudiante en archéologie

PREMIER JOUR : AU BOULOT (!!!)

Je n'arrive pas à le croire : je suis la nouvelle assistante de mon idole, Victor Gazébo, archéologue et égyptologue mondialement connu !

Il y avait des dizaines d'autres candidats, tous aussi qualifiés que moi, je ne pensais donc pas avoir la moindre chance ! Jusqu'à ce que je reçoive un appel me convoquant à un entretien avec le Professeur Gazébo lui-même. Je n'avais jamais vu autant de livres sur l'Égypte ancienne réunis au même endroit, ni autant de reliques (des reproductions, m'a-t-il assuré). Le Professeur est encore plus intimidant en personne. Je n'arrivais pas à croire que j'étais dans la même pièce que lui, et encore moins que je passais un entretien pour devenir son assistante.

Il m'a posé quelques questions sur mes études et mon passé, et je lui ai parlé de mes recherches universitaires. Il n'a pas paru particulièrement impressionné, surtout quand il a aperçu mon bracelet en forme de serpent.

— Je n'aime pas beaucoup les serpents, mademoiselle Umm, m'a-t-il informée en fronçant les sourcils. Sous quelque forme que ce soit.

J'ai caché le bracelet avec mon autre main. J'ai cru que c'était cuit... mais alors, il a détaillé mon CV.

— Votre prénom est... Hatchepsout ?

— Oui, ai-je répondu. Hatchepsout Umm. Mais tout le monde me surnomme Hattie.

— On vous a donc donné le nom d'une grande reine égyptienne...

— C'est ça. Mes parents ont toujours eu de grandes ambitions pour moi. J'aurais aimé qu'ils vivent plus longtemps pour me voir réussir.

Il a croisé les mains et m'a observée de ses yeux scintillants.

— Mademoiselle Umm. Vous n'êtes pas la plus qualifiée pour ce poste, bien sûr. Mais voilà : je crois aux signes. Je finis en ce moment des recherches sur le temple d'Amon à Karnak. Deux colonnes ont été érigées devant ce temple, quoiqu'une seule demeure. Elles ont été construites par...

— La reine Hatchepsout, l'ai-je interrompu.

Il s'est penché vers moi, en me dévisageant de son regard perçant.

— Êtes-vous une travailleuse acharnée, mademoiselle Umm ? Me promettez-vous obéissance, loyauté et, par-dessus tout... discrétion ?

— Je ferai tout ce que vous me demanderez.

— Alors bienvenue dans mon équipe, a-t-il conclu en formant un V avec ses doigts.

avec Victor, au temple d'Amon

QUINZIÈME JOUR

Voilà deux semaines que nous finissons les recherches au temple d'Amon. Je n'avais jamais travaillé aussi dur. Où que Victor aille, je le suis en prenant des notes. C'est moi qui commande son déjeuner en m'assurant que son verre d'assab soit parfaitement glacé, et je m'assure qu'il puisse faire la sieste en début d'après-midi (j'ai même utilisé la méthode de ma mère pour guérir ses insomnies). Mais aujourd'hui, tout a basculé.

J'étais au café pour commander le repas de Victor, du fattoush avec un assab (il ne tolère le fattoush que s'il vient de ce café en particulier, parce qu'ils y ajoutent des morceaux de clémentine ce qui donne un petit goût unique à cette salade), quand j'ai aperçu un jeune homme au comptoir. À ses habits, j'ai vu que c'était un touriste quoique, pour un vacancier, il avait l'air bien déprimé. Je ne sais pas ce qui m'a pris, mais j'ai commandé un deuxième assab et l'ai posé devant lui.

— Je vous souhaite une bonne journée, ai-je dit en espérant qu'il comprenne ma langue.

Et je suis partie avant qu'il ne réagisse.

D'où m'est venu cet élan? Je ne sais pas. Peut-être du travail prometteur que nous accomplissions avec Victor et qui m'a inspirée à commettre une bonne action.

À mon retour sur le site archéologique, Victor était tout joyeux – un trait inhabituel chez lui. Il riait et plaisantait avec les agents de sécurité chargés de surveiller les fouilles pour les protéger des pillards (ils veillaient surtout à éradiquer tout serpent errant qui se serait introduit sur le site). Victor s'est même souvenu de me rembourser pour son déjeuner sans qu'il me faille le lui rappeler.

— Ce jour figurera dans les livres d'histoire, a-t-il annoncé en prenant une gorgée d'assab. Les ouvriers qui travaillent sur le nouveau site ont fait une percée !

— Une percée ? ai-je demandé.

Il m'a montré une carte sur son bureau.

— C'est la tombe de Séthi Ier, ai-je constaté. Découverte en 1817 par Giovanni Battista Belzoni.

— Exact. On la croyait « excavée de fond en comble »... Jusqu'à aujourd'hui.

Avec un sourire en coin, il a ajouté :

— Savez-vous qui a hérité du trône de Séthi Ier ?

J'ai réfléchi un instant.

— Son fils, Ramsès II ?

— Oui, finalement. Mais, grâce à mes recherches, je sais désormais que Ramsès n'était pas le premier prétendant au trône. Car Séthi Ier avait eu deux autres enfants. Des jumeaux – une fille et un garçon. Prénommés Nehy et Nefret.

— Que leur est-il arrivé ?

— Ils ont succombé à la grippe quand ils étaient petits. J'ai longtemps soupçonné qu'ils aient été enterrés dans une chambre secrète de la tombe de Séthi. Et je crois bien que mes ouvriers viennent de trouver la chambre en question. Nous nous y rendons demain.

— Et notre travail ici ?

— Terminé, a-t-il déclaré.

Il s'est assis et a enfourné une bouchée de fattoush, pleine de quartiers de clémentine.

— Notre vraie mission ne fait que commencer !

Croquis 1 : Verres d'asab (jus de sucre de canne)

VINGT-CINQUIÈME JOUR

Cela fait une semaine environ que nous travaillons dans la chambre mortuaire de Nehy et Nefret (Victor a baptisé ce projet la « Mission N »). Comme toujours, les recherches avancent lentement. Nous avons découvert toutes sortes de petits objets, dont des instruments de

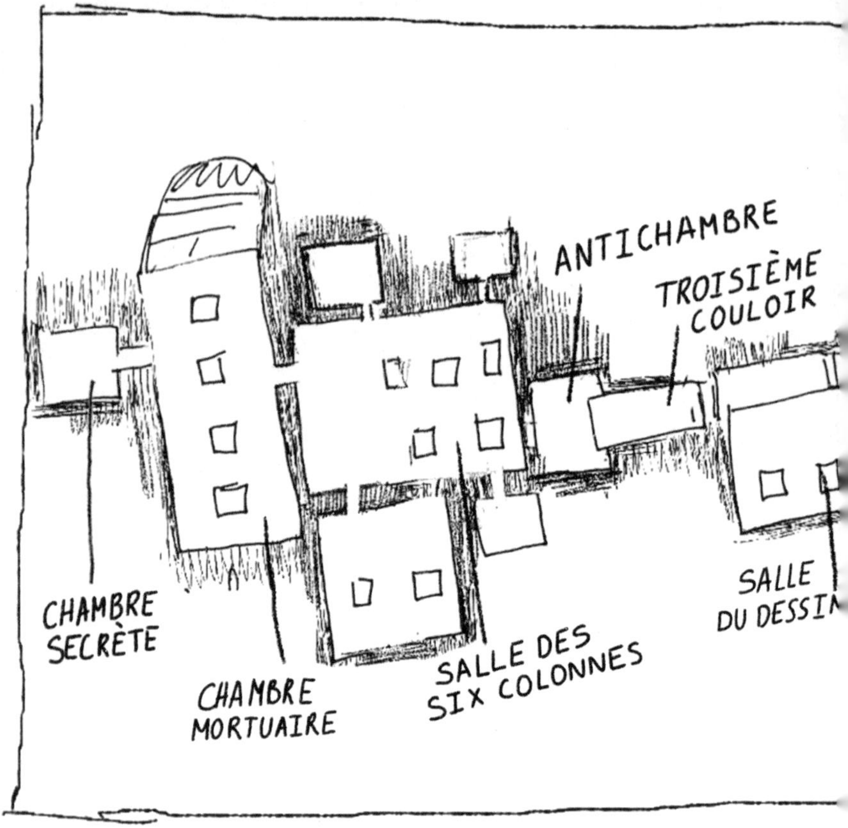

musique, des fragments de céramique, des bouts de statues, des bijoux, des perles, des jeux, des jouets et plusieurs poupées. À croire que ces jumeaux ont été enterrés dans une salle de jeux recréée pour l'éternité. C'est triste d'un côté, mais aussi assez touchant. Et quel

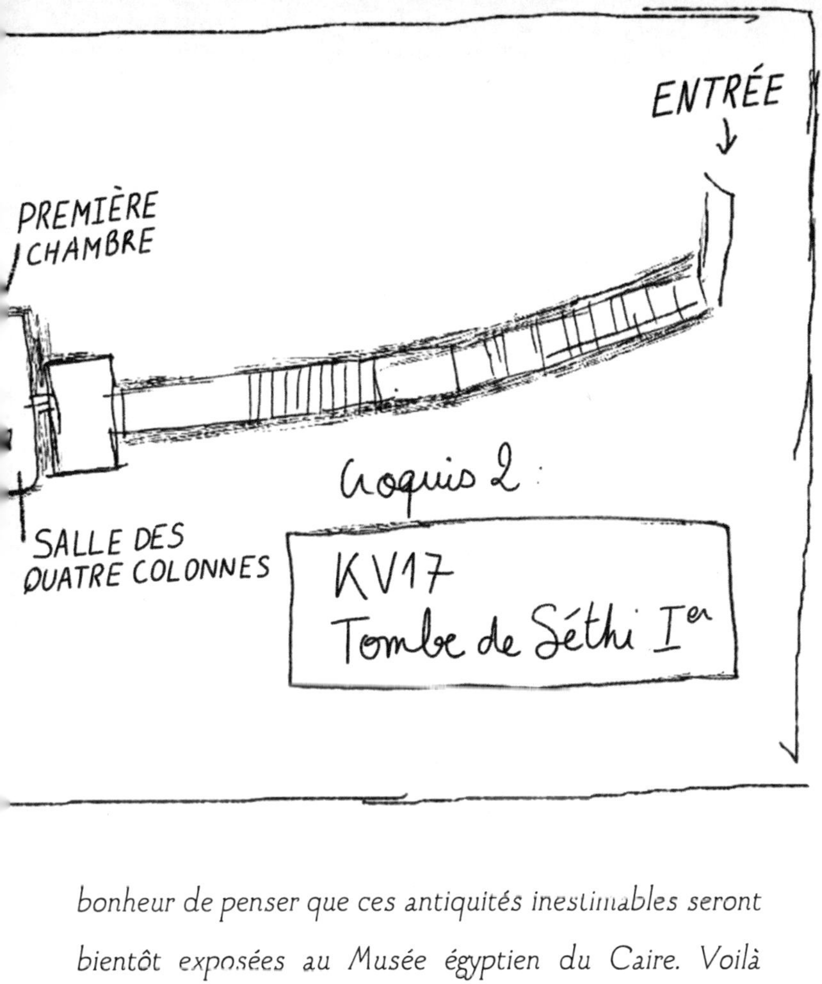

bonheur de penser que ces antiquités inestimables seront bientôt exposées au Musée égyptien du Caire. Voilà pourquoi je suis devenue archéologue ! Pour partager avec mon pays et avec le monde entier de passionnantes leçons d'histoire.

Toutefois, Victor n'est pas content car il n'a pas trouvé dans la salle de jeux le trésor qu'il cherche le plus ardemment : deux scarabées, fabriqués il y a des milliers d'années pour Nehy et Nefret.

— Ces scarabées sont l'œuvre d'un certain Huya, un des plus grands artisans de l'Égypte ancienne, explique-t-il à qui veut l'entendre. On raconte que les dieux avaient doté Huya de pouvoirs hors du commun, qu'il a utilisés pour ses créations. Placés sous la tête des jumeaux, les scarabées leur permettaient de communiquer dans les rêves.

— Vous croyez à cette légende ? ai-je demandé.

— Je m'efforce d'accueillir toutes les hypothèses avec l'esprit ouvert, mademoiselle Umm.

J'ai décidé d'en faire de même.

Ce soir, hormis les agents de sécurité, tous les membres de l'équipe sont rentrés chez eux. J'espérais en profiter pour me consacrer à l'analyse des découvertes du jour.

Je me tenais accroupie derrière des figurines ouchebtis quand Victor est entré. J'ai tout de suite compris qu'il ne m'avait pas vue. Je n'ai pas bougé. Alors, je l'ai vu prendre une des poupées antiques et la glisser dans sa poche.

C'est à cet instant que je me suis montrée.

— Que faites-vous avec cette poupée ?

D'abord, il a eu l'air surpris, puis il a ri et a tapoté sa veste.

— Je la rapporte au bureau. Pour un examen plus détaillé.

J'ai commencé à m'excuser :

— Pardon. Je ne voulais pas...

— Ce n'est rien, mademoiselle Umm. Vous êtes curieuse, et c'est pourquoi je vous ai embauchée.

— Merci, monsieur Gazébo.

Il a ajouté avec un sourire :

— Mais n'oubliez jamais ce qu'on dit de la curiosité.

Sur ces mots, il a désigné un chat momifié.

En relatant tout cela maintenant, je me sens stupide.

Comment ai-je pu imaginer que mon mentor volait une de ses propres découvertes ? La prochaine fois, Hattie, réfléchis avant de parler !

P.-S. : le nom du jeune homme croisé au café est Albertus Magnus Junior, mais il préfère qu'on l'appelle Bert. Nous nous voyons désormais tous les après-midi quand j'arrive pour commander le déjeuner de Victor. Il a un côté nonchalant, mais j'aime son sens de l'humour et sa façon de m'écouter. J'aime aussi son veston qui comporte un nombre incalculable de poches – il en sort tout le temps des choses différentes : un mouchoir à m'offrir quand j'éternue, un parapluie quand il pleut ou une poignée de ces bonbons aux dattes que j'adore. Bert vient d'un village du nom de Morneville, ce qui ne fait pas rêver, mais il descend d'une longue lignée de magiciens. Quand il m'a appris cela, j'ai répondu :

— C'est drôle. Tu n'as pas une tête de magicien.

Fouille de tombes

— Parce que je ne suis pas magicien! Mon père, Albertus Magnus Senior, rêvait que je prenne sa relève. Mais je sentais que la magie n'était pas pour moi. Alors, il m'a chassé de la maison et depuis, je parcours le monde, à la recherche de ma destinée.

— L'as-tu trouvée?

Il a pris ma main et a répliqué avec un sourire :

— Oui, je le crois.

TRENTE-CINQUIÈME JOUR

Enfin ! Nous avons classé tous les objets trouvés de la chambre mortuaire – enfin... presque tous. Nous avons gardé le meilleur pour la fin : le sarcophage de Nehy et Nefret, les jumeaux oubliés de Séthi Ier.

Je n'avais jamais assisté à l'ouverture d'un sarcophage. Il s'agit, comme on peut l'imaginer, d'un processus long et complexe requérant des cordes, des poulies et quantité de « Oh ! Hisse ! » Enfin, nous avons réussi à soulever le couvercle. À l'intérieur se trouvait la momie de Nehy – fils de Séthi Ier et jumeau de Nefret –, magnifiquement enveloppée de bandelettes. Malheureusement, nous ne pouvions pas enlever le masque doré posé sur son visage, mais Victor a trouvé une chose incroyable dissimulée sous la tête de la momie : un des deux scarabées légendaires.

J'ai pris le petit objet dans ma main juste un instant. Il était vert, parfaitement ciselé et étonnamment chaud.

Victor me l'a arraché des mains.

— C'est une pièce inestimable, a-t-il marmonné.

— Pour le Musée du Caire, vous voulez dire? Et pour l'Égypte.

— Bien sûr, a-t-il répondu en reniflant le scarabée. Mais il nous faut les deux; c'est le seul de moyen de savoir s'ils ont vraiment un pouvoir. Pourvu que nous trouvions l'autre scarabée demain, lorsque nous ouvrirons le sarcophage de Nefret.

Tout le monde est sorti pour fêter cette découverte mais moi, je suis restée ici pour finir de ranger. Que l'issue soit favorable ou non, demain sera, à coup sûr, un grand jour pour la Mission N!

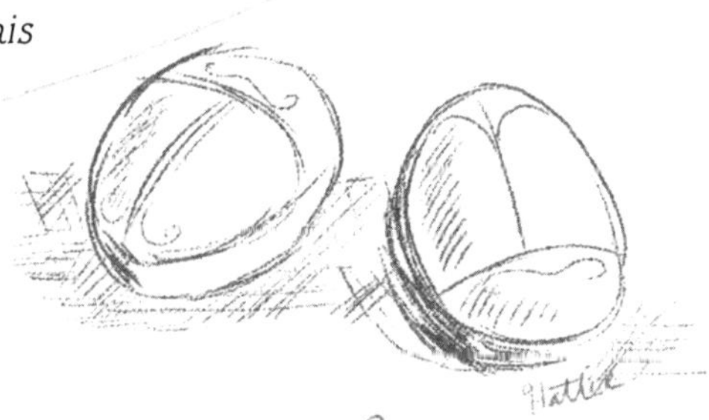

Croquis 3 : Scarabées

TRENTE-SIXIÈME JOUR

J'avais raison ! Aujourd'hui était un jour clé pour notre projet, mais pas comme je l'avais imaginé, loin de là... Tout a commencé hier soir.

Lorsque je suis allée déposer le courrier de Victor dans son bureau, j'ai trouvé la porte verrouillée. Heureusement, je sais où il cache la clé de secours – derrière la statue de Sekhmet qui garde l'entrée. J'ai trouvé la pièce en désordre – il y avait des boîtes et des valises dans tous les sens. J'ai laissé le courrier sur la table de travail... et c'est là que j'ai vu le bloc-notes. Une liste figurait en première page. La première colonne détaillait les objets déterrés depuis le début de la Mission N. La deuxième recensait des noms et des adresses. Et la troisième, des numéros... de gros chiffres avec de nombreux zéros. Je n'ai pas mis longtemps à comprendre qu'il s'agissait de prix.

J'ai de nouveau sondé le bureau du regard et cette fois, j'ai compris ce qui se passait.

La pièce était remplie d'instruments, de fragments de céramique, de bouts de statues, de bijoux, de perles, de jouets, et il y avait une poupée – celle que Victor avait glissé dans sa poche. C'est alors que j'ai aperçu le scarabée découvert le matin même. Victor prévoyait de vendre toutes ces antiquités !

Une voix a résonné derrière moi.

— Cette porte n'est pas verrouillée sans raison.

L'archéologue se tenait dans l'embrasure de la porte. Son cartable, qu'il portait sur l'épaule, semblait lourd. Je me suis demandé quels autres trésors il pouvait contenir.

— Je venais juste... vous apporter le courrier !

— Vous êtes une jeune femme intelligente, mademoiselle, a-t-il répondu avec un sourire. Trop, peut-être.

— C'est pourquoi vous m'avez embauchée. Vous vouliez quelqu'un qui sache travailler dur...

— Je vous ai aussi demandé si vous étiez obéissante, loyale et, par-dessus tout... discrète.

— Je l'ai été. Et je le resterai.

Il m'a arraché le bloc-notes des mains.

— Nous avons des clients à satisfaire, a-t-il expliqué. Sinon, comment voudriez-vous que nous financions nos travaux? La maigre contribution du gouvernement ne couvre quasiment aucun de nos besoins!

J'ai regardé l'anneau en diamant qu'il portait à l'auriculaire, et la boîte de cigares posée sur son bureau. À tous les coups, sa nouvelle voiture rutilante était garée dehors. Manifestement, les « besoins » de Victor Gazébo étaient très éloignés des miens.

— Nos clients sont des gens très importants. Certains, même, sont dangereux. Qui sait ce qu'ils pourraient faire si nous ne satisfaisions pas leurs attentes ? Or, la plupart de ces bibelots antiques sont sans intérêt...

— Contrairement aux scarabées ! ai-je deviné.

— Vous avez raison. Ces scarabées sont exceptionnels, en effet. Et leur prix le sera tout autant. J'ai déjà plusieurs acheteurs potentiels. Dès que nous aurons la paire et que nous pourrons démontrer qu'ils fonctionnent, ma situation financière s'améliorera considérablement.

— Leur valeur est inestimable ! Et ils appartiennent à Nehy et Nefret.

— Allons, Nehy et Nefret sont morts il y a des milliers d'années. Il est temps que des vivants profitent de leurs trésors !

— Monsieur Gazébo, vous êtes archéologue. Égyptologue ! Votre mission est de préserver ces antiquités et de les mettre à la disposition de tout le peuple égyptien. Pas de les vendre au meilleur offrant !

— Pensez un peu à toutes les fouilles que nous pourrions accomplir avec autant d'argent, a répliqué Victor.

— Nous ?

— Cela fait un moment que je souhaite vous promouvoir. Votre intelligence et vos capacités sont plus qu'évidentes. Mais pour cela, j'ai besoin d'être certain de votre plein investissement dans notre travail. Oui, Hattie, NOTRE travail. Car nous pourrions devenir... associés.

— Je ne sais pas quoi dire...

— Dites oui. Si chacun fait ce qu'on lui dit, tout le monde sort gagnant. Croyez-moi.

Quelque chose dans sa voix m'a fait peur – et fait prendre conscience que je devais faire mine d'entrer dans son jeu.

— C'est d'accord, ai-je acquiescé. J'accepte.

— Parfait.

Il a posé ses mains sur mes épaules et serré ses doigts un peu trop fort tout en me regardant droit dans les yeux avant d'ajouter :

— Pourvu que je ne regrette pas de vous avoir fait confiance, Hattie. Ce serait très dommage. Pour vous, a-t-il articulé.

Cette conversation m'avait tellement secouée que j'ai à peine réussi à composer le numéro de téléphone de Bert. Nous nous sommes retrouvés le soir même au café et je lui ai tout raconté.

— Tu dois le dénoncer, Hattie. Ce type n'est qu'un sombre voleur !

— Mais qui sait ce qui m'arrivera si je le trahis ? Victor a été clair sur le fait que j'aurais de gros ennuis.

Bert a vidé son verre puis il m'a regardée.

— Dans ce cas, il te faut prendre la fuite. C'est ce que j'ai fait quand mon père m'a mis à la porte.

J'ai éclaté de rire.

— Tu n'es tout de même pas sérieux ?

— Je suis toujours sérieux – enfin, presque.

— Ma vie est ici. Je ne vais pas tout plaquer. Et pour aller où ?

— N'importe où. Partout.

Certes, la perspective était exaltante. Je ne suis jamais sortie d'Égypte. Pourtant, toute mon existence, j'ai rêvé d'explorer d'autres pays et de découvrir de nouvelles cultures.

— Je ne peux pas abandonner mon travail...

— Tant que tu travailleras pour Victor Gazébo, tu ne seras pas libre.

J'ai scruté le fond de mon verre. Je savais qu'il avait raison.

J'ai quitté Bert et filé tout droit au commissariat, bien décidée à accomplir mon devoir en racontant tout aux autorités. À mon arrivée, j'ai été accueillie par plusieurs policiers en uniforme. J'allais m'avancer vers l'un d'eux mais son visage m'a soudainement paru familier. En fait, la plupart de ces hommes ne m'étaient pas inconnus – c'était les agents de sécurité de Victor ! Ceux-là même avec qui il riait et plaisantait. L'un d'eux a croisé mon regard ; il a souri et formé un V avec ses doigts. J'ai répondu de la même façon, et tourné les talons.

En courant vers chez moi, j'ai repensé aux paroles de Bert. Tant que je travaillerais pour Victor, je ne serais pas libre. Je pourrais peut-être démissionner et chercher un autre poste d'archéologue... tout en ayant promis à cet escroc de ne jamais révéler ses manigances. Mais alors, je le laisserais vendre les trésors et priver les Égyptiens de leur héritage. Jamais je ne me le pardonnerais.

J'allais m'engager dans ma rue quand j'ai aperçu un autre agent de sécurité, planté en face de mon immeuble. Il jetait des coups d'œil vers la porte et échangeait vivement avec quelqu'un à travers son talkie-walkie.

Dans mon effroi, j'ai poussé un petit cri. Il a tourné la tête et nos regards se sont croisés.

Alors, j'ai pris mes jambes à mon cou.

Heureusement, il ne connaissait pas aussi bien le quartier que moi et j'ai réussi à me glisser dans un passage sans qu'il ne me voie. J'ai attendu plusieurs minutes pour m'assurer que la voie était libre, puis j'ai appelé Bert. Il m'a donné l'adresse de son hôtel, le Palais d'Hiver. Le temps de l'y rejoindre, ma décision était prise :

— Je vais m'enfuir. Sinon, qui sait ce qui pourrait m'arriver ?

Bert a sorti une valise et a dit :

— J'en étais sûr. Mes bagages sont déjà faits.

— Tes bagages ? Pourquoi ?

— Parce que je t'accompagne.

— Pour quelle raison ?

— Parce que je t'aime, Hattie.

Je l'ai regardé droit dans les yeux, stupéfaite.

— Moi aussi, je t'aime, Bert.

Il a saisi ma main.

— Alors, partons.

— Oui, mais d'abord, j'ai une chose à faire. Je te rejoins à l'aéroport dans une heure.

— J'achète nos billets.

— Il nous faut de nouveaux noms.

— Pourquoi ?

— Parce que ce que je m'apprête à faire va mettre Victor très, très en colère.

Je suis retournée au bureau de Victor, où j'ai de nouveau déverrouillé la porte pour m'y introduire à pas de loup. Pas de chance : le bloc-notes où figurait la liste de clients avait disparu. C'est alors que j'ai aperçu le scarabée. Je l'ai attrapé et, comme la première fois sa chaleur s'est propagée dans ma main.

J'ai murmuré :

— Un jour, Nehy, je retrouverai ta jumelle et je vous réunirai tous les deux, même si je dois y consacrer ma vie.

Et j'ai glissé le scarabée dans ma poche.

Peut-être ne pourrai-je jamais faire éclater au grand jour l'odieuse machination de Victor Gazébo, mais tant que j'aurai un des scarabées en ma possession, cet escroc ne pourra pas vendre le sien. Ce qui signifie aussi qu'il me traquera sans relâche. Mais c'est un risque que je dois prendre.

Bert m'attendait à l'aéroport. Quand je l'ai aperçu à la porte d'embarquement, j'ai pris conscience que je n'avais rien d'autre que ma sacoche et mon journal de bord. Le reste se trouvait dans mon appartement où je ne pouvais plus remettre les pieds. Jamais.

— Te voilà ! J'ai eu peur que tu aies changé d'avis... a dit Bert. Nous allons embarquer.

— Pour quelle destination ?

J'ai pensé à ma mère auprès de qui j'étais restée après la mort de mon père. Maintenant qu'elle est partie elle aussi, je n'ai plus de famille, plus personne pour se soucier de moi, de ce que je fais et où je vais.

— Premier arrêt, le Pérou, a annoncé Bert. J'ai des amis partout dans le monde et j'ai hâte de te les présenter. Et si nous devons vraiment disparaître pour de bon, nous n'aurons qu'à aller à Morneville, la ville où j'ai grandi. Tu peux me croire, là-bas, Gazébo ne nous trouvera jamais.

L'espace d'un instant, j'ai craint d'avoir fait une grosse erreur en emportant le scarabée. Et en entraînant Bert dans cette affaire. Pourtant, il a repris :

— J'ai changé nos noms, comme tu me l'as demandé. Désormais, nous sommes Jean et Marie Mouais.

D'une de ses poches de veston, il a sorti un écrin et l'a ouvert. Une bague en argent brillait à l'intérieur.

— Je l'ai achetée dans une droguerie... Pour le moment, c'est le mieux que je puisse t'offrir. Mais, si nous devons passer les prochaines années à esquiver ensemble le danger, le mieux serait peut-être d'officialiser notre union. Veux-tu m'épouser, Hattie – je veux dire Marie ?

J'ai regardé la bague, puis Bert. Réussirions-nous à construire une vie à deux ? Une vie où nous serions sans cesse sur nos gardes, toujours traqués par Victor ?

— Tout va bien, Hattie ?

J'ai hoché la tête et mis la bague à mon doigt. Puis, j'ai pris sa main.

— C'est parti !

Croquis 4 : Un des deux obélisques de Hatchepsout

POUSSEZ LE MANCHE SANS À-COUP, POUR ACCÉLÉRER JUSQU'AU PLEIN RÉGIME. LORSQUE LA VITESSE DE CROISIÈRE ATTEINT OU DÉPASSE LA VITESSE DE ROTATION, TIREZ LE LEVIER. FÉLICITATIONS, VOUS ÊTES EN VOL !

On décolle ! avec Ulysse Deuzelles

CHAPITRE 4

— Captivant… souffla Clémentine, après avoir lu le récit rocambolesque de la fuite de Louxor de Hattie et Bert. J'ai vraiment été emportée ! Pas toi ?

Aubépine hocha la tête. Elle gardait les yeux fermés et son teint terne tirait encore sur le verdâtre, mais la lecture de sa sœur était réconfortante.

— C'est fini ? demanda-t-elle péniblement.

Clémentine feuilleta les dernières pages, vierges pour la plupart.

À l'intérieur de la couverture, deux petites enveloppes étaient collées ainsi qu'un ticket.

— Sur l'une des enveloppes, il est écrit « Clémentine, pour le zeste d'aventure qui nous a réunis », sur l'autre « Aubépine, pour les tisanes de cette baie qui a aidé nos palpitations du cœur ».

Clémentine ouvrit les deux enveloppes. Chacune contenait une toute petite mèche de cheveux d'un brun ô combien familier.

— Voilà qui explique le choix de nos prénoms ! s'écria-t-elle.

Elle lut de petits caractères imprimés sur les enveloppes.

— Aubépine ?

— Mouais ?

— Ces nombres... on dirait des dates de naissance.

— Intéressant. On saura enfin quel jour faire la fête...

Jusqu'à présent, ignorant leur vraie date de naissance, et sans parents pour les renseigner, les sœurs Mouais avaient choisi le 29 février comme jour d'anniversaire. Une date commode car elle ne revenait que les années bissextiles – les fillettes n'avaient donc à s'en soucier que tous les quatre ans.

— Il y a une bonne et une mauvaise nouvelle, reprit Clémentine. La bonne, c'est que notre anniversaire ne tombe pas le 29 février.

— Et la mauvaise ?

— Nous ne sommes pas nées le même jour. Et pas non plus la même année, annonça Clémentine en se massant les tempes.

Les calculs les plus simples lui donnaient la migraine.

— Comment est-ce possible ? questionna Aubépine en ouvrant les yeux pour consulter les inscriptions.

Sa sœur disait vrai.

Sur la première enveloppe, on pouvait lire : « *CLÉMENTINE MOUAIS, née le 31 décembre à 23 h 58.* »

Sur l'autre : « *AUBÉPINE MOUAIS, née le 1er janvier à 0 h 15.* »

— Alors comme ça, sous prétexte que je suis née après minuit, et seulement dix-sept minutes après toi, mon anniversaire tombe l'année d'après ? s'indigna Aubépine.

Sa puissante nausée n'avait en rien compromis son aptitude pour les mathématiques.

— Je n'arrive pas à le croire... murmura Clémentine en secouant la tête. J'ai toujours cru que nous étions de vraies jumelles, avec la même date d'anniversaire !

— Et moi, j'ai toujours pensé que j'étais née la première, renchérit sa sœur.

Depuis le cockpit, Beatrix annonça :

— Nous approchons de Louxor. L'une de vous aimerait-elle m'aider pour l'atterrissage ?

— Oh, oui, moi-moi-moi-moi ! s'écria Clémentine en agitant la main.

Son propre enthousiasme la surprit. Puis elle se rappela qu'elle était l'aînée, et qu'après tout, c'était peut-être son rôle d'être entreprenante. Beatrix assura :

— L'amerrissage est une technique assez délicate, mais tu y arriveras, j'en suis certaine – c'est un apprentissage et l'apprentissage, c'est la vie... Eh, oui ! Petit à petit, les oisillons quittent le nid !

— Qui est dans le déni ? répéta Clémentine. Hum, ça me parle...

Avec l'aide de Beatrix, Clémentine réalisa son amerrissage sur le fleuve, presque sans turbulence. Beatrix lui montra également comment vidanger la coque et lever les trains d'atterrissage au moment du décollage.

— Tu vas devenir une super pilote ! Tout ce qu'il te faut, c'est un peu d'entraînement, l'informa Beatrix quand tout fut en ordre : le cockpit, la cabine… et l'estomac d'Aubépine !

Puis, l'aviatrice et sa jeune élève manœuvrèrent l'appareil en direction de la rive, où attendait une passerelle.

— Nous voici dans le pays de notre mère, dit Aubépine, enfin d'aplomb, en s'imprégnant du décor.

— C'est aussi un peu notre pays, fit remarquer Clémentine en plissant les paupières. Le paysage est plus vert que ce que j'imaginais…

Louxor était en effet une ville luxuriante. Et suffocante. Les sœurs Mouais se tartinèrent de crème solaire, coiffèrent leur chapeau, chaussèrent leurs lunettes de soleil, et chacune s'empara de sa gourde.

Au sommet de la passerelle se tenait un homme de l'âge de Beatrix. Il était grand et mince, et comme elle, avait la peau sombre et un visage avenant. Il portait un costume très élégant, ainsi qu'un tout petit chapeau rouge orné d'un gland doré.

OMAR
EXCURSIONS

— Parfait timing, cher O ! releva la pilote, en prenant l'inconnu dans ses bras. Décidément, tu n'as pas changé !

— Toi non plus.

— Mesdemoiselles, je vous présente mon ami Omar.

Celui-ci s'inclina.

— Moi, c'est Aubépine.

— Et moi, Clémentine.

— Ce sont les sœurs Mouais... expliqua Beatrix. Les jumelles de « Jean » et « Marie », précisa Beatrix en adressant un clin d'œil aux fillettes.

Omar écarquilla les yeux puis sourit.

— Enchanté ! Appelez-moi « O », comme tous mes amis. En tant que filles de « Jean » et « Marie », vous faites automatiquement partie de mon cercle amical.

À cet instant, une voix parvint d'une péniche, accostée à la rive :

— Omar !

Omar agita la main vers l'homme qui l'appelait.

— C'est mon cousin, Ahmed. Il travaille pour moi.

— S'il vous vient l'envie de faire une excursion sur le Nil, de jour ou même de nuit, n'hésitez pas à contacter *Omar Excursions* ! cria Ahmed. À votre service !

— C'est noté, assura Beatrix. Alors comme ça, O, tu as désormais ta propre affaire ?

Son ami tendit une carte de visite.

— Tu as trouvé ta vocation ! constata l'aviatrice avec enthousiasme, tout en abordant l'escalier reliant le quai à la rue.

Elle se tourna vers les sœurs Mouais et expliqua :

— O pourra nous emmener où nous voulons en Égypte, et nous procurer tout ce dont nous aurons besoin.

— « *Vous cherchez quelque chose en Égypte ? Je saurai vous le trouver !* », assura Omar.

— Justement, nous souhaitons nous rendre au Palais d'Hiver, annonça Beatrix.

— Grande classe... commenta son ami.

— Oui, grande classe... et en vitesse ! ajouta la pilote en attrapant Aubépine et Clémentine par la main. Allons-y !

Cramponnées à l'aviatrice, les sœurs Mouais furent entraînées à la suite d'Omar qui slalomait parmi la foule.

— Tant que mes pieds touchent la terre ferme, tout va bien ! estima Aubépine.

OM
EXCUR

— Il y a tellement de monde, constata Clémentine, en sondant la rue bondée.

— Et tellement de couleurs, d'objets, d'odeurs si entêtantes ! renchérit sa sœur.

Normalement, les fillettes n'auraient jamais supporté une telle profusion. Mais, grâce aux lunettes de soleil et aux chapeaux offerts par Ricky, elles se sentaient protégées.

En chemin, Beatrix demanda à Omar :

— Tu n'aurais pas vu Jean et Marie, ces derniers jours ?

— Je les ai rencontrés récemment dans un café, où je devais leur livrer quelques produits un peu... spéciaux. Notamment du matériel d'escalade et un chalumeau.

— Ça, c'est bien eux ! s'exclama Beatrix.

— Il paraît qu'ils ont volé quelque chose dans le coffre-fort de Victor Gazébo...

Aubépine glissa à sa sœur :

— L'autre scarabée, je parie !

Omar poursuivit son récit :

— Victor a promis une récompense à quiconque les retrouverait et restituerait ce qu'ils ont dérobé.

— Ce qu'ils ont *dérobé*? s'esclaffa Beatrix. En voilà, une bien bonne!

— Ce Gazébo n'est qu'un pillard, admit Omar en secouant la tête de consternation.

— Un pillard? C'est quoi? demanda Aubépine.

— Un voleur, expliqua Beatrix. Ils sont des centaines, en Égypte, à espérer faire fortune rapidement en revendant des antiquités. La plupart n'ont pas conscience de ce qu'ils commettent vraiment. Gazébo ne devrait pas s'abaisser à un tel niveau. Lui sait combien il est grave de profaner les monuments et les tombes égyptiennes! Il sait que ces objets inestimables n'ont rien à faire dans un salon cossu... Leur place est dans un musée, où chacun peut les voir et les admirer!

— Ou dans la tombe où les Égyptiens les avaient déposés il y a des milliers d'années, précisa Omar. D'après les croyances anciennes, pour garantir au pharaon une vie éternelle dans l'Au-delà, une sépulture ne devait jamais être altérée.

— Malheureusement, le mal est fait, déclara Beatrix. Depuis la découverte de la première tombe par Howard Carter, celle de Toutankhamon, cette région est devenue un vrai self-service ! De nos jours, le seul endroit où les antiquités sont en sûreté, c'est dans les musées où les touristes peuvent venir les apprécier. Tu dois bien le reconnaître, O, ton affaire ne marcherait pas sans tous ces visiteurs avides d'archéologie !

Son ami hocha la tête.

— C'est certain. Et je fais mon possible pour leur transmettre mon savoir sur mon pays. Aujourd'hui, celui-ci n'est plus qu'un vaste magasin de souvenirs…

Même si ce n'était sans doute pas tout à fait exact, Clémentine et Aubépine purent constater qu'à pratiquement tous les coins de rue, il y avait un stand ou une boutique de souvenirs... L'un d'eux présentait de hautes colonnes de bandelettes.

— C'est quoi ? s'enquit Clémentine.

— Des momies, expliqua Beatrix.

Aubépine grimaça et demanda :

— Qu'ont-elles fait pour mériter ça ?

— Et où sont les papis ? renchérit Clémentine, sans être certaine de vouloir connaître la réponse.

— Pas des « mamies » ! Des « MO-mies », corrigea Beatrix.

— Ah ! « Les momies sont des corps embaumés », récita Clémentine, en se remémorant la définition de leur ancien et très utile dictionnaire.

— Exact, acquiesça Omar. Mais les voir exposées ainsi est très choquant. Et le respect des morts, alors ?

— Ce ne sont peut-être pas de *vraies* momies, nuança Beatrix. Ce genre d'endroit est truffé de faussaires.

— Eh bien, ce que nous nous apprêtons à voir est bien réel ! annonça Omar. Et tout aussi spectaculaire...

Les sœurs Mouais se figèrent. Face au majestueux Nil se dressait un bâtiment somptueux. Ses murs magnifiquement dorés n'étaient pas sans rappeler la couleur du sable, songea Clémentine. Un vaste escalier grimpait en volute vers une haute façade, au sommet de laquelle s'inscrivaient les mots « PALAIS D'HIVER ».

— Je pensais que le Palais d'Hiver était un genre de château ! dit Clémentine en se rappelant l'image illustrant la définition du mot « palais » dans leur cher dictionnaire – celle qui figurait un château majestueux avec des tours, des tourelles et des drapeaux.

— C'est un hôtel, déclara Omar. Le plus luxueux de toute l'Égypte !

Il conduisit les jumelles et Beatrix à la réception du Palais d'Hiver, qui n'était pas moins somptueuse. Un grand lustre surplombait la pièce, et un vaste escalier flanqué d'une rampe en fer forgé, conduisait aux étages.

— Howard ? C'est toi ? demanda Beatrix à un monsieur d'un certain âge, qui se tenait assis dans le hall.

L'homme arborait un élégant costume trois-pièces et un chapeau. Son visage était pâle et sévère, mais s'illumina dès qu'il aperçut l'aviatrice.

— Beatrix ! s'exclama-t-il en se levant pour lui serrer la main. Comment vas-tu ? Tu es venue pour changer *d'air* ?

— Tu me connais, je passe mon temps dans les airs ! répliqua-t-elle. Figure-toi que je suis en compagnie des filles de Jean et Marie… Aubépine, Clémentine, je vous présente Monsieur Carter.

— Enchanté, assura-t-il en leur serrant la main. Vous ne ressemblez en rien à votre mère… Dommage, d'ailleurs,

car elle a les mêmes traits qu'Hatchepsout, l'une des rares pharaonnes dont nous soyons certains qu'elle a existé. Depuis toujours, je rêve de découvrir sa tombe...

— M. Carter est un archéologue de renom, expliqua Beatrix.

— Oh... je l'étais, corrigea-t-il. Aujourd'hui, je m'essaie à la vente d'antiquités...

Il lança un coup d'œil à l'aviatrice et ajouta, catégorique :

— Que du commerce légal, bien sûr.

— As-tu croisé Marie et Jean Mouais, ces derniers temps, Howard ?

— Non... Mais tu n'es pas la première à me poser la question. Un groupe de femmes est passé tout à l'heure, qui les cherchait aussi – des filles à l'air féroce, toutes vêtues de cuir noir.

— Un peu dans mon style, commenta Beatrix en ajustant son propre blouson.

— Elles étaient six? demanda Omar.

Howard Carter hocha la tête et questionna :

— Comment le savez-vous?

— J'ai entendu parler de ces femmes... On les appelle « Les Filles de Sekhmet ». C'est le gang le plus dangereux de Louxor.

— Sekhmet était une déesse de la guerre, rappela Howard. Également surnommée « Reine de l'épouvante », « Lady Carnage » et « La Championne de la machette ».

Les sœurs Mouais écarquillèrent les yeux. Comme toujours face à un danger imminent, elles envisageaient de s'effondrer au sol pour faire semblant de dormir.

— Ces femmes sont sur la trace de Jean et Marie! comprit Beatrix. Elles veulent la récompense promise par Victor à quiconque les retrouverait.

— Victor Gazébo? Quel escroc! s'indigna M. Carter en grimaçant. Vu ce qu'il a fait des plus grands trésors de l'Égypte ancienne, ce type devrait être en prison ! Ou pire !

— C'est le sort qui l'attend, si je m'en mêle, avertit Omar.

— Bien, Howard, nous devons te laisser, annonça Beatrix. Prends soin de toi.

— Toi aussi.

Il se tourna vers Clémentine et Aubépine, et souleva son chapeau.

— Bonne chance, jeunes filles. Si vous tenez de votre mère, vous êtes en chemin vers la réussite !

Les sœurs Mouais esquissèrent un sourire. Vu ce qu'elles venaient d'entendre au sujet des Filles de Sekhmet, elles semblaient plutôt en chemin vers de gros ennuis...

Omar salua le concierge de l'hôtel, derrière son comptoir. Vêtu d'un costume impeccable et d'un nœud papillon, celui-ci se présenta :

— Bienvenue au Palais d'Hiver, je suis M. Anton, pour vous servir. Que puis-je faire pour vous ?

— Nous cherchons nos parents, déclara Aubépine.

— Ils nous ont dit de les retrouver ici, ajouta Clémentine.

M. Anton sortit un épais volume, avec écrit « REGISTRE » en lettres d'or sur la reliure.

— Et comment s'appellent-ils ? questionna-t-il en feuilletant l'ouvrage.

Les sœurs Mouais échangèrent un regard. Pouvaient-elles dévoiler la véritable identité de leurs parents ?

— Jean et Marie Mouais, intervint aussitôt Beatrix.

— Ces noms ne figurent pas ici.

— Et... Joséphine et Martin Moui ? suggéra la pilote.

M. Anton tourna quelques pages.

— Non.

— Jack et Martha Bof ? Jim et Marge Ouf ? Essayez Jeff et Mille Pop.

RECEPTION

L'aviatrice jeta un coup d'œil aux sœurs Mouais et expliqua :

— Vos parents ont souvent dû changer d'alias au fil de leurs voyages...

M. Anton consulta de nouveau le registre. Encore et encore. Puis il secoua la tête.

Beatrix sonda les alentours pour s'assurer que personne ne les écoutait, puis elle se pencha par-dessus le comptoir.

— Et Hatchepsout Umm et Albertus Magnus Junior ? murmura-t-elle.

Les sœurs Mouais retinrent un cri. Ces noms avaient réveillé la douleur lancinante dans leur poitrine.

Aubépine se rappela un jour où leur mère dansait dans la cuisine, et fredonnait en même temps une chanson dans une langue que les sœurs Mouais ne connaissaient pas – « de l'égyptien, sans doute », songea Aubépine. Sa mère l'avait fait tournoyer et virevolter, ce qui lui avait occasionné un puissant et désagréable étourdissement. Mais désormais, elle donnerait tout pour avoir le tournis, si cela lui permettait d'être à nouveau avec sa mère.

— Je ne vois aucun de ces noms, assura M. Anton. J'en suis désolé.

— C'est impossible, intervint Clémentine en se dressant sur la pointe des pieds pour regarder.

Mais le concierge ferma l'ouvrage en fronçant les sourcils.

— On vous a peut-être mal informées ? suggéra-t-il. Il y a d'autres hôtels à Louxor – mais aucun qui n'ait le standing du Palais d'Hiver, bien sûr. J'espère que vous retrouverez vos parents, mesdemoiselles !

Sur quoi, il détourna son attention pour se consacrer à d'autres clients.

— Mais, je suis sûre que nos parents nous ont donné rendez-vous ici... Je l'ai rêvé ! s'indigna Aubépine, alors que Clémentine la tirait par la manche.

— Tu as dit que tout n'était pas clair dans tes rêves... rappela Clémentine. On s'est peut-être trompées.

Les sœurs Mouais s'éloignèrent du comptoir, la tête basse. Quelle déception ! Elles pensaient les retrouvailles avec leurs parents si proches, si certaines !

— Raconte-moi ce rêve, intervint Omar.

Aubépine lui décrivit le château, la neige et le champ fleuri. Les yeux d'O s'écarquillèrent.

— Vos parents ne séjournent pas ici !

Les sœurs Mouais soupirèrent profondément.

— ... Or, ils sont bel et bien dans les parages, ajouta-t-il. Ce champ fleuri ressemble fort à un jardin.

— Mais bien sûr ! renchérit Beatrix.

— Et le Palais d'Hiver possède le plus beau jardin de tout Louxor. Suivez-moi, je vais vous montrer !

Omar n'avait pas exagéré. Le jardin de ce palace était extraordinaire. On y apercevait non seulement des parterres de fleurs, mais aussi un potager, un verger, des palmiers, et des terrains de tennis et de croquet.

— C'est si… coloré, observa Aubépine.

— Et animé ! compléta Clémentine.

Les sœurs Mouais chaussèrent leurs lunettes de soleil.

— Pas une minute à perdre, décréta Beatrix. Commençons nos recherches.

Pendant une heure, Omar et Beatrix fouillèrent les moindres recoins du jardin, Clémentine et Aubépine à leurs talons, tentant de s'accoutumer à l'éclat du décor. Malheureusement, au bout d'une heure, ils n'avaient rien trouvé.

— Misère… fit Omar. C'est rageant !

— Et épuisant, ajouta Aubépine en s'affaissant dans un fauteuil en osier. Une chose est certaine : nos parents ne sont pas ici. Alors pourquoi nous ont-ils conduits dans ce jardin, avec tous leurs indices ?

Clémentine s'affala à côté de sa sœur.

— Moi aussi, j'en ai assez de chercher.

Elle sortit de son sac à dos *On décolle! avec Ulysse Deuzelles*, et s'absorba dans la lecture. Ce genre de manuel, au texte aride, lui apportait toujours du réconfort.

— Si vous êtes fatiguées, vous devriez faire une sieste, conseilla Beatrix. Vos parents en profiteront peut-être pour vous transmettre de nouvelles informations. Pendant ce temps-là, O et moi continuerons les recherches.

— Et on gardera l'œil ouvert, ajouta Omar. Au cas où les Filles de Sekhmet se présenteraient...

Aubépine sortit le scarabée d'une de ses poches et le tendit à Clémentine.

— Cette fois, c'est ton tour, dit-elle.

— Merci de ta générosité, acquiesça sa sœur.

En effet, c'est très généreux de ma part, pensa Aubépine. *C'est peut-être qu'en tant que cadette, je dois me montrer complaisante...*

Clémentine plaça le scarabée sous un coussin et y posa sa tête. Puis, répétant les paroles apaisantes que lui récitait autrefois sa mère :

— Imagine que tu flottes haut, plus haut, encore plus haut, le long d'un escalier invisible...

Aubépine bâilla. Elle non plus ne pouvait s'empêcher de fermer les yeux.

— ... jusqu'à un nid douillet fait de plumes et de velours, continua Clémentine.

Les sœurs Mouais ne mirent pas bien longtemps à s'endormir.

D'abord, Clémentine ne vit que du sable, et le ciel azur. *Je dois être dans le désert,* pensa-t-elle.

Une structure de pierre, en forme de toit, surgissait du

sable. Sur les marches se tenait un homme très bronzé, avec des cheveux blancs et un nez pointu. Il observait Clémentine d'un air menaçant.

— Tu cherches quelqu'un ?

— Mes parents, répondit la fillette.

L'homme ricana.

« *J'ai ce que tu cherches et toi, ce que je veux.*

À la plus grande des tombes t'attend ta destinée,

Ainsi que mon inestimable prospérité,

Grâce à la reine qui était un roi

Et aux jumelles qui n'en sont pas. »

— Je ne comprends pas, répondit Clémentine. C'est ça, le rêve absurde dont m'a parlé Aubépine ?

À cet instant, un garçon et une fille apparurent en tuniques blanches.

Clémentine les reconnut aussitôt.

— Nehy et Nefret...

— Les scarabées sacrés des jumeaux sont tous deux en usage, annonça Nehy. Quand les deux scarabées sont en usage, leurs vrais propriétaires sont convoqués.

— Rendez ce que vous avez volé ! s'écria Nefret.

Son frère et elle pointèrent un index accusateur en direction de l'homme puis de Clémentine.

— C'est bien ce que j'essaie de faire ! se défendit cette dernière.

Elle se retourna et fut stupéfaite de trouver sa sœur à côté d'elle. Et plus encore de constater que celle-ci s'était transformée en pierre.

Soudain, une voix qui ressemblait beaucoup à celle de Beatrix retentit :

— COUREZ !

— Où ? demanda Clémentine.

— Au stand des momies ! cria une autre voix, qui ressemblait beaucoup à celle d'Omar.

— RÉVEILLEZ-VOUS ! Les Filles de Sekhmet sont là !

LES FILLES DE SEKHMET

**SACHEZ TOUJOURS QUI A LE CONTRÔLE DE L'AVION.
QUAND LE MONITEUR VOUS PASSE LES COMMANDES,
IL OU ELLE DOIT DIRE : « TU AS LE CONTRÔLE »,
ET VOUS DEVEZ RÉPONDRE : « JE PRENDS LE CONTRÔLE. »**

On décolle ! avec Ulysse Deuzelles

CHAPITRE 5

Les sœurs Mouais ouvrirent les yeux et virent Beatrix et Omar en pleine bagarre avec six femmes vêtues de cuir noir, au regard luisant comme une flamme.

— Vous avez entendu? cria Beatrix.

— On doit se sauver, comprit Clémentine.

— Vous nous rejoignez au stand des momies ! ajouta Aubépine.

— C'est ça ! hurla Omar. Maintenant, filez !

Malgré la chaleur, les sœurs Mouais regagnèrent aussi vite que possible la réception de l'hôtel, où M. Carter patientait toujours. Il les salua de la main et elles poursuivirent leur route vers la sortie, puis descendirent quatre à quatre le grand escalier en volute.

Le bazar était encore plus animé, et les fillettes se prirent la main pour ne pas se perdre. On pouvait y acheter toutes sortes de produits : des paniers, des pots, des bibelots, des fruits, des légumes, des spécialités locales. Il y avait même un stand de scarabées, et Aubépine s'arrêta un instant pour le contempler.

— Il faut qu'on se presse, rappela Clémentine en la tirant par le bras. Tu sais où se trouvent les momies?

— Dans la prochaine allée, assura Aubépine.

Mais, quand les fillettes s'y engagèrent, ce ne fut pas les momies qu'elles aperçurent... mais une des Filles de Sekhmet. C'était une femme blonde aux yeux bleus, qui maniait une grande épée incurvée. La foule se massa pour observer le « spectacle ».

— Moi, c'est Betty! indiqua la femme, avec un grand sourire souligné par un rouge à lèvres très vif. Rendez-vous, ou bien...

— Que peut-on faire? demanda Clémentine. On n'a pas d'arme!

— Hmm... fit sa sœur.

Elle enleva sa gourde et tapota les poches de sa tunique.

Pendant ce temps, Betty assurait le spectacle en jonglant avec son épée. Elle partit d'un grand rire.

— Notre heure est venue… soupira Clémentine en fermant les yeux.

— C'est bon ! lança Aubépine.

Elle attrapa sa gourde et la fit tournoyer autour de sa tête avant de la lâcher. Le projectile heurta Betty en pleine tête. Celle-ci bascula en arrière et s'effondra sur l'étal de bonbons voisin.

La foule acclama Aubépine, qui se contenta de hausser les épaules.

— Il est temps d'élaborer un nouveau plan, avertit Clémentine.

Les fillettes firent demi-tour et arpentèrent le dédale du marché. Elles aperçurent un stand de tapis.

— J'ai une idée ! fit Aubépine.

S'assurant que le vendeur n'était pas dans les parages, elle déroula un grand tapis richement décoré.

— Allonge-toi, ordonna-t-elle à sa sœur.

— M'allonger? demanda Clémentine. On ne devrait pas courir, plutôt?

— C'est ce à quoi s'attendent nos adversaires, fit valoir sa sœur.

— Han... comprit Clémentine.

Aubépine avait presque toujours raison.

Les fillettes s'allongèrent chacune à un bout du tapis puis s'enroulèrent dedans, jusqu'à être entièrement couvertes.

— Elles ne nous trouveront jamais! déclara Aubépine d'une voix étouffée par les plis du tapis. On n'a qu'à rester cachées ici jusqu'à ce qu'elles s'en aillent.

— En plus, c'est douillet, observa sa sœur. Mais dommage qu'il fasse aussi chaud. Et que ce tapis soit si poussiéreux. Ce qui m'ennuie surtout, c'est que je n'arrive pas à remettre la main sur mon chapeau et mes lunettes de soleil.

— Chut ! souffla sa sœur.

Quelques secondes plus tard, un vrombissement retentit, puis cessa. Les fillettes perçurent des chuchotements. Enfin, ce fut le silence.

— Ton idée a marché ! félicita Clémentine.

— Chut !

Au bout de plusieurs minutes, le vrombissement résonna de nouveau.

— Elles s'en vont, estima Aubépine.

— Pourtant, le bruit ne diminue pas, fit remarquer Clémentine.

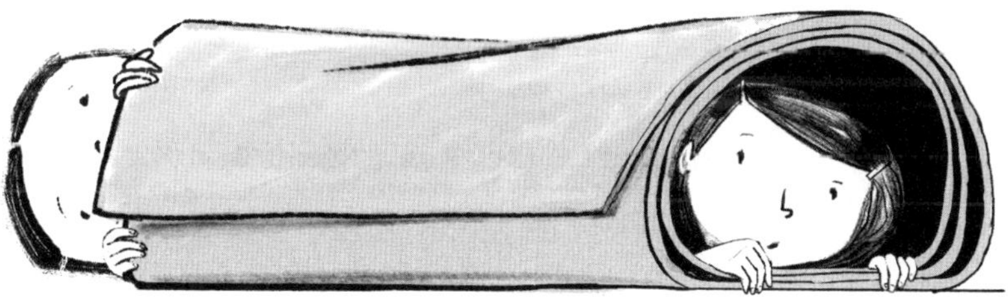

Chacune sortit le nez du tapis. Elles se trouvaient à l'arrière d'une camionnette lancée à pleine vitesse, aux côtés d'une Fille de Sekhmet. Deux autres Filles étaient assises à l'avant du véhicule, et deux autres encore les suivaient à bord d'une moto rutilante flanquée d'un side-car.

— Que se passe-t-il ? questionna Clémentine.

— Aucune idée, répliqua Aubépine. C'est la première fois que je me retrouve à l'arrière d'une camionnette enroulée dans un tapis et entourée d'une bande de tueuses.

Au même instant, une dispute éclata entre Fanny et une de ses acolytes. Aubépine et Clémentine sortirent la tête et les épaules juste assez pour voir ce qui se passait.

Beatrix chevauchait un cheval qui galopait en direction de la camionnette.

— Parce que en plus d'être aviatrice, c'est une parfaite cavalière ? s'étonna Clémentine. Cette Beatrix sait tout faire, décidément !

Quand cette dernière arriva à la hauteur de la moto, elle donna un coup de pied à Dot et Yasmine, et martela les pneus de coups de canif.

— Quel gâchis, commenta-t-elle en voyant les deux gangsters dégringoler. Ce couteau me vient de ma grand-mère !

Beatrix atteignit enfin la camionnette, toujours lancée à pleine vitesse. Elle se dressa sur la selle et sauta dans le coffre pour engager un duel avec Fanny. En plus de ses nombreuses armes, cette dernière présentait une impressionnante collection de pirouettes et de cabrioles. D'un coup de pied, elle terrassa Beatrix, gémissante.

— Oh, non ! s'étrangla Clémentine.

Fanny esquissa un sourire victorieux... puis elle commit l'erreur de tourner le dos à son adversaire. Ce faisant, Beatrix lui agrippa les jambes et la fit basculer par-dessus la camionnette.

— Aubépine ! Clémentine ! Vous allez bien ? demanda-t-elle, à bout de souffle, aux sœurs Mouais.

— En dehors du fait d'être entourées d'une bande de tueuses à l'arrière d'une camionnette lancée à pleine vitesse ? s'enquit Clémentine.

— Je vais vous sortir de là, promit Beatrix en déroulant le tapis. Je reviens tout de suite. Ne bougez pas !

— C'est exactement ce qu'on faisait, jusqu'à ce que vous dérouliez le tapis, fit remarquer Clémentine.

Mais Beatrix était déjà affairée à l'avant de la camionnette. De quelques coups de poing, elle dégomma Cosette, dans le siège passager.

— Bye-bye ! lança-t-elle en la jetant par-dessus bord.

Ivanka, la conductrice, s'avéra un peu plus difficile à battre. Les deux femmes luttèrent pour le volant, si bien que la camionnette manqua de percuter une voiture qui arrivait en sens inverse.

— C'est drôle… remarqua Aubépine. Quelques secondes à bord d'un avion, et je suis à l'agonie… mais ce que nous vivons là ne me dérange pas du tout !

— Moi, ça me dérange un peu, admit Clémentine, plus pâle que d'habitude. À vrai dire, pas qu'un peu !

Enfin, Beatrix fracassa la tête d'Ivanka sur le volant, et la truande perdit connaissance. Mais, quand l'aviatrice prit le contrôle du véhicule, elle s'aperçut que celui-ci se dirigeait droit vers le fleuve.

— Les filles, sautez !

Les sœurs Mouais s'exécutèrent. Clémentine songea que, tant qu'à être dans les airs, elle préférait largement être en avion. Aubépine, elle, était trop affairée à hurler pour ressentir pleinement sa peur de voler. Par chance, le tapis glissa de la camionnette en même temps que les fillettes, et leur chute fut un peu amortie.

— Pouah ! fit Aubépine, en crachant du sable.

— Aïe ! fit Clémentine, en se frottant le genou à l'endroit où le tapis avait frotté.

Toutes deux observèrent le Nil et la camionnette qui coulait.

— On a sauté juste à temps, dis donc !

— Et Beatrix ? demanda Clémentine.

Les deux sœurs scrutèrent les flots, puis échangèrent un regard.

— À notre chère Beatrix… murmurèrent-elles, et Aubépine enleva son chapeau.

Elles firent une minute de silence.

— Elle était très bonne aviatrice, admit Aubépine. Même si j'avais envie de vomir à chaque fois que j'étais avec elle en avion.

— Qu'allons-nous faire sans elle ?

— Elle va nous manquer… déclara Aubépine en essuyant une larme.

— Cruellement, renchérit sa sœur en reniflant et en tâtant son genou écorché.

— Qui pleure-t-on ? demanda une voix derrière elles.

— Oh, une personne héroïque, assura Clémentine. Et grande amie.

— J'aurais aimé la connaître. Elle avait l'air tout à fait... *formidable* !

Les sœurs Mouais firent volte-face.

— Beatrix !

— Je vous ai dit de sauter... et, en général, je m'efforce de suivre mes propres conseils.

— Et à présent, qu'allons-nous faire ? s'enquit Aubépine.

— Maintenant, en selle ! répliqua Beatrix.

Elle siffla et son cheval arriva au galop.

— Salut, Cléo !

— D'où sort-elle ? questionna Clémentine.

— Je vous l'ai dit, Omar sait se procurer tout ce qu'on lui demande. Tout... et n'importe quoi.

Aubépine se tourna vers sa sœur.

— À présent, si tu nous racontais ce dont tu as rêvé dans le jardin ?

Clémentine se creusa la mémoire. Il s'était passé tellement de choses depuis sa sieste !

— J'étais dans le désert... Et j'ai vu un homme à l'air très méchant qui se tenait devant une étrange structure, avec huit côtés et un toit, mais ouvert à tous les vents.

Beatrix réfléchit.

— On dirait... un gazébo. L'homme que tu as vu n'était donc autre que Victor. Ce qui signifie deux choses.

— Lesquelles ? demanda Clémentine.

— Il détient l'autre scarabée.

— Et ? interrogea Aubépine.

— Vos parents ont des ennuis. Il s'est passé d'autres choses dans ton rêve ?

— Il a dit que j'avais quelque chose qu'il voulait et qu'il avait quelque chose que je cherche. Puis il a parlé de la plus grande des tombes, d'une « reine qui est en réalité un roi », et « de jumelles qui n'en sont pas ».

— Encore un rêve qui n'a pas de sens... commenta Aubépine.

— C'est aussi ce que j'ai pensé, admit sa sœur. Mais en y réfléchissant, je crois que la reine désigne Hatchepsout... donc notre mère. Et que les jumelles qui n'en sont pas, c'est nous ! Gazébo veut récupérer le scarabée en échange de nos parents !

— Dans « la plus grande des tombes » ? intervint Beatrix, puis son visage s'éclaira. Je sais ! La plus vaste tombe de la vallée des rois est celle de Séthi Ier.

— C'est là que sont enterrés Nehy et Nefret... se souvint Clémentine, en feuilletant le journal de sa mère. Dans une chambre secrète au bout d'un long tunnel.

— Nous devons donc traverser le Nil pour rejoindre la rive ouest, décréta la pilote. Pourvu que le cousin d'Omar accepte de prendre un cheval sur sa péniche...

Elle sauta en selle, et tendit la main aux sœurs Mouais.

— En avant, les filles !

— Parce que en plus, on est censées chevaucher ce truc ? s'alarma Aubépine.

— Vous plaisantez, Beatrix... tenta Clémentine.

« *Gniiiihihihi* » fit Cléo en secouant sa crinière.

PRENEZ VOS VIRAGES DOUCEMENT ET SANS À-COUP, AFIN DE NE PAS DÉRANGER VOS PASSAGERS. LES PASSAGERS SONT TOUJOURS LA PRIORITÉ.

On décolle ! avec Ulysse Deuzelles

CHAPITRE 6

Tant bien que mal, les sœurs Mouais demeurèrent en selle d'un bout à l'autre du trajet, depuis la traversée du Nil à bord de la péniche d'Ahmed, jusqu'au désert de la rive ouest. Même sans leurs lunettes de soleil, elles s'en sortaient très bien. Deux grandes réussites pour Clémentine et Aubépine.

C'est ainsi que Beatrix, Cléo et les sœurs Mouais atteignirent la tombe de Séthi Ier. Même au crépuscule, les ruines étaient imposantes. Elles étaient barrées d'un panneau « ACCÈS INTERDIT » suspendu à la clôture de chaîne et entouré d'outils de fouilles archéologiques. Beatrix haussa les épaules.

— J'ai toujours été un peu rebelle... annonça-t-elle en ramassant une pelle à moitié cassée.

Elle entoura la chaîne autour de la poignée et tourna de toutes ses forces. *Clac!* La chaîne se brisa.

Le trio pénétra dans la tombe. Il faisait nuit noire.

— Et maintenant? demanda Clémentine.

— Je fabriquerais une torche avec la poignée de cette pelle, si j'avais de quoi l'allumer, dit Beatrix.

Une flamme éclaira leurs visages. C'était Aubépine, qui brandissait une allumette sortie d'une boîte qu'elle conservait dans une de ses poches de tunique.

— Elles étaient disposées sur une assiette, au café de Ricky, à côté des pastilles à la menthe, expliqua-t-elle.

— Bravo d'avoir pensé à les prendre, c'était une idée… brillante ! commenta Beatrix. Au sens propre !

— Dans quel direction faut-il se diriger ?

Clémentine sortit le journal de Hattie et le parcourut.

— Notre mère a dessiné un plan de la tombe.

Beatrix consulta la page par-dessus son épaule.

— Je crois qu'il faut descendre un de ces escaliers. Et continuer d'avancer.

Aubépine brandit la torche de fortune et Clémentine garda le journal en main. Beatrix ouvrit la marche à travers les couloirs et les chambres mortuaires.

Les murs et les colonnes étaient recouverts de peintures et de hiéroglyphes.

— Du papier peint version antique, supposa Clémentine en observant les symboles.

Elle pensa avec tendresse au papier peint de chez elle, ou du moins à ce qu'il en restait.

— Ce « papier peint » raconte une histoire, précisa Beatrix en gesticulant vers les murs. Ces images devaient guider le pharaon vers l'Au-delà.

— J'espère qu'elles nous guideront vers notre but, commenta Clémentine, bien qu'elle ait le Pressentiment que ce ne serait pas le cas.

— Alors, comme ça, Séthi Ier était le père des jumeaux Nehy et Nefret ? questionna Aubépine.

— C'est ce que dit le journal de maman, acquiesça sa sœur. Les jumeaux auraient dû accéder au trône, mais ils sont morts très jeunes de l'*influenza*.

— De la grippe, tu veux dire ?

Clémentine hocha la tête.

— Ils auraient dû prendre des médicaments, asséna Aubépine.

Quand elles tombaient malades, les sœurs Mouais consultaient le *Manuel d'automédication de l'hôpital de*

Morneville, et se faisaient livrer leurs médicaments en même temps que leurs provisions.

— En ce temps-là, ce n'était pas si simple, intervint Beatrix. Au moins, ils avaient les scarabées et pouvaient se rendre visite à travers leurs rêves. Y compris après leur mort.

— Quelle histoire touchante, fit une voix derrière elles.

Beatrix et les sœurs Mouais firent volte-face... et virent un couteau très grand et très aiguisé tenu par un homme aux yeux globuleux.

— Ugo ! s'écrièrent en chœur Aubépine et Clémentine.

— Bienvenue, mesdemoiselles ! Quel plaisir de se retrouver.

— Je savais que j'aurais dû te dénoncer aux autorités de Casablanca, maugréa Beatrix.

— Ah ! C'est ça, le problème avec vous, les aventurières... Vous êtes trop indulgentes !

— Crois-moi, c'est une erreur que je ne commettrai pas deux fois.

— Je n'en doute pas, approuva Ugo, car tu ne vivras pas assez longtemps pour cela. Maintenant, en avant !

QUAND DEUX AVIONS S'APPROCHENT, L'UN COMME L'AUTRE DOIVENT ÉVITER LA COLLISION DE PLEIN FOUET.
On décolle ! avec Ulysse Deuzelles

CHAPITRE 7

À l'aide de sa propre torche, Ugo les conduisit dans les tréfonds de la tombe.

— C'est magnifique ! constata Clémentine en apercevant une fresque très réaliste représentant des serpents emmêlés.

— Encore heureux... commenta Aubépine. Si ça se trouve, c'est la dernière chose qu'on verra de toute notre vie.

Le tunnel déboucha sur une chambre mortuaire où se dressaient deux colonnes carrées – sur l'une figurait l'image d'un garçon, sur l'autre, celle d'une fille, tous deux parés d'une tunique blanche et de colliers sertis de joyaux. Les sœurs Mouais reconnurent leurs visages.

— Nehy, murmura Clémentine.

— Nefret, ajouta Aubépine.

Entre les colonnes se tenait un homme de petite taille, en chemise en jean avec un bandana rouge autour du cou. Il avait la peau bronzée, les cheveux très blancs, le nez pointu et de petits yeux sombres qui semblaient scintiller.

— C'est l'homme que j'ai vu en rêve ! s'exclama Aubépine.

— Victor Gazébo, comprit Clémentine.

— Ah ! Vous êtes des filles intelligentes... J'aurais pu dire que vous teniez cela de vos parents, mais ils ne sont finalement pas si futés que cela.

Il désigna un coin sombre de la pièce. Aubépine et Clémentine plissèrent les paupières.

D'abord, elles crurent apercevoir des hiéroglyphes de femme et d'homme dos à dos, les pieds et les mains liés, un bâillon sur la bouche. La femme était magnifique, avec sa peau dorée et ses cheveux noirs, et l'homme était pâle, avec des traits moins définis mais une mâchoire dessinée.

— Que signifie ce symbole ? s'enquit Aubépine.

— Je suis certaine de l'avoir déjà vu… releva Clémentine. Quelque part.

Tandis qu'elle compulsait le journal de sa mère, l'homme et la femme tournèrent la tête et la dévisagèrent, ainsi que sa sœur, avec des yeux ronds.

— Attends… fit Aubépine.

— Quoi ?

— Le symbole. Il a bougé.

Clémentine leva des yeux du cahier. Et resta bouche bée.

— Maman? demanda Aubépine.

— Papa?

Malgré leur bâillon, Hatchepsout Umm et Albertus Magnus Junior tentèrent de répondre.

Clémentine et Aubépine coururent vers leurs parents et les enlacèrent. Ils sentaient la sueur et les épices. Malheureusement, Hattie et Bert ne purent rendre leur étreinte à leurs filles en raison de leurs entraves. Ces retrouvailles n'en firent pas moins affluer les souvenirs des fillettes.

Aubépine se revit, petite, plongeant la main dans une des poches du veston de son père pour en sortir un dé à coudre qu'il avait fait disparaître par magie avant de le retrouver dans l'oreille de la fillette, qui avait éclaté de rire et applaudi.

Clémentine, elle, se rappela les séances de lecture, lovée contre sa mère. À l'époque, elle ne savait pas encore lire, mais être recroquevillée ainsi lui suffisait.

Et il y avait un souvenir que les deux sœurs partageaient, quand elles se trouvaient à la table du petit déjeuner, et que leurs parents leur servaient des flocons d'avoine nature et du thé parfaitement tiède.

Se retrouver ainsi tous les quatre semblait tellement naturel... Malgré le contexte qui était tout sauf naturel !

— Charmantes retrouvailles familiales, commenta Victor avec un sourire perfide. Et quel heureux hasard que vous soyez réunis ici, dans la tombe des enfants oubliés de Séthi Ier. C'est ce qu'on appelle une aubaine !

— Nous savons ce qu'est une aubaine, riposta Clémentine. Et cela n'a rien à voir avec ce que nous sommes en train de vivre !

Gazébo éclata de rire.

— Peut-être pas pour vous... Et pourtant, tout pourrait bien se terminer si vous me donnez ce que je cherche. Avez-vous apporté le scarabée ?

Les parents des sœurs Mouais voulurent crier mais leurs paroles étaient étouffées par le bâillon. Clémentine se pencha vers eux et traduisit :

— Je crois qu'ils disent : « Ne le lui donnez pas. » Quoique ça sonne plutôt comme : « Me le lui vonnez fa. »

— Lorsque j'aurai réuni les deux scarabées, je pourrai les vendre à un certain client, très riche et très intéressé, poursuivit Victor. Savez-vous combien les gens sont prêts à payer pour pouvoir s'introduire dans les pensées des autres ?

Il sourit, révélant de petites dents jaunes comme des grains de maïs.

— Vous ne pensez donc qu'à l'argent ? rétorqua Beatrix.

— Non. Le pouvoir aussi m'importe !

D'un geste ample, il désigna les alentours.

— Prenez ces pharaons, pendant leur court passage sur Terre, ils tenaient le monde entier entre leurs mains – un monde bâti en exploitant les faibles, les pauvres et les soumis. Eh bien, je préfère être celui qui profite du travail des autres, plutôt que la réciproque.

— Vous êtes un monstre, asséna Beatrix.

— Un monstre bientôt prospère, je l'espère, riposta Victor.

Il ouvrit la main et toisa les sœurs Mouais.

— Assez discuté. Donnez-moi le scarabée.

Ugo leva son couteau étincelant au-dessus de Bert et Hattie.

— ... Ou bien vous pourrez dire bye-bye à votre maman et à votre papa, menaça-t-il.

Les fillettes jetèrent un regard de détresse à leurs parents, qui les suppliaient de ne pas obéir.

— Il n'y a qu'une chose à faire, dit Clémentine.

— Exact, acquiesça sa sœur.

Elle plongea la main dans une de ses poches et en sortit le scarabée qu'elle déposa dans la paume tendue de Victor Gazébo.

— Ah ! Je savais que vous étiez des filles intelligentes ! Malheureusement, comme vos parents, vous avez trouvé beaucoup plus intelligent que vous... Ugo, ligote-les, je te prie.

Quelques minutes plus tard, Beatrix et les sœurs Mouais étaient dans la même posture que Bert et Hattie.

— Vous allez devenir des pièces archéologiques. Qui sait ? Dans quelques milliers d'années, vous aurez peut-être même de la valeur !

Puis il ricana, en exhibant à nouveau ses dents jaune-maïs. Ugo s'esclaffa à son tour, mais se tut quand Gazébo le fusilla du regard.

— Allons-y, décida enfin ce dernier en consultant sa montre. Je ne voudrais pas faire attendre mon client... ni mon compte en banque !

Quand les deux hommes furent partis, la pièce devint complètement sombre. Chacun voulut parler mais les bâillons rendaient tout propos impossible. Quelques minutes plus tard, pourtant, une lueur éclaira l'obscurité. C'était Aubépine, qui s'était libérée de ses liens et qui tenait une nouvelle torche. Elle retira le bâillon de sa sœur.

— Comment as-tu fait pour te libérer ?

— Je suis experte en nœuds, je te rappelle. Pour les faire... et les *défaire*.

— Tu es sûre que tu n'es pas l'aînée ?

— La science ne ment pas ! assura Aubépine.

Elle ne mit pas longtemps à dénouer les liens de sa sœur, puis toutes deux s'attelèrent à ceux de Beatrix et de leurs parents. Les fillettes, leur mère et leur père s'étreignirent longtemps.

— Oh, comme vous nous avez manqué, souffla Hattie.

— C'est *vous* qui nous avez manqué, répondirent Aubépine et Clémentine, les joues couvertes de larmes.

Maintenant que leurs parents étaient libérés et bien éclairés par la torche, les sœurs Mouais purent enfin les regarder de près. Leur mère était encore plus belle que dans leurs souvenirs si vagues. Elle avait tout d'une reine. Malheureusement pour elles, les fillettes tenaient plutôt de leur père, aux traits beaucoup moins fins. Mais ce qui lui manquait en allure était compensé par d'autres qualités, les deux sœurs en étaient certaines. Aubépine était particulièrement heureuse de constater qu'il portait toujours son veston à poches. Celui-ci n'avait pas changé mais, comme le reste de la tenue de Bert, il était froissé et usé.

— Nous voulions vous retrouver au Palais d'Hiver, expliqua ce dernier, mais les Filles de Sekhmet sont arrivées avant et nous ont emmenés ici. Ces femmes sont terrifiantes.

— En effet, admit Beatrix en s'époussetant. Et maintenant, que fait-on ?

— Il faut nous échapper d'ici, indiqua Hattie. Suivez-moi !

— À coup sûr, Gazébo a verrouillé la clôture, fit remarquer Bert en s'engageant dans le dédale de chambres et de couloirs.

— Ce genre d'obstacle ne nous a pas arrêtés jusqu'à présent... insista Beatrix.

— Ceci, en revanche... dit Aubépine.

La sortie de la tombe était fermée, non pas par une chaîne mais par une haute pile de gravats, qui y avait sans doute été déplacée grâce aux outils de fouilles.

— Quelle ordure ! s'écria Hattie en brandissant le poing. Je maudis le jour où j'ai croisé sa route !

— Si tu n'avais pas croisé sa route alors tu n'aurais jamais travaillé pour lui et si tu n'avais pas travaillé pour lui, tu n'aurais jamais rencontré Bert, notre père. Et si tu n'avais jamais rencontré notre père, vous ne nous auriez jamais eues, objecta Clémentine. C'est ça, une aubaine.

— Toi, tu as lu mon journal, comprit Hattie en posant la main sur le bras de Clémentine. Bravo !

— Oui. Et ça m'a donné une idée.

Elle prit la torche des mains de sa sœur et reconduisit tout le monde à la tombe de Nehy et Nefret.

— Dans tes notes, il est indiqué qu'un tunnel se poursuit au-delà de cette chambre, dit-elle à sa mère. Il la relierait à l'Au-delà.

— C'est vrai, admit Hattie. Mais qui sait où ce tunnel pourrait nous emmener?

— Il n'y a qu'une manière de le savoir, déclara Bert.

Hattie observa la chambre puis s'avança vers une frise de hiéroglyphes.

— Regardez. Ces signes parlent de Sokar, le dieu des morts, mais aussi des travailleurs qui construisirent cette tombe, et des artisans qui fabriquèrent les objets qu'elle contient. Ces hiéroglyphes sont l'œuvre de Huya, artisan personnel du pharaon.

— Huya, celui qui a façonné les scarabées? questionna Clémentine.

— Tout à fait, approuva Hattie.

— J'en ai la chair de poule... souffla Clémentine.

Hattie se tenait à côté d'elle.

— Je ne crois pas que ce soit la chair de poule, dit-elle, mais un courant d'air qui vient de derrière ce mur.

Beatrix et Bert s'appuyèrent sur la paroi et poussèrent de toutes leurs forces. Au bout d'un moment, quelques pierres cédèrent.

— Sois prudent, souffla Hattie à son mari.

— Ne t'inquiète pas pour moi.

— Je ne m'inquiète pas pour toi... Mais pour le mur ! Je te rappelle que c'est une pièce archéologique d'une extrême importance !

Bert et Beatrix parvinrent à déloger plusieurs pierres, qu'ils disposèrent en piles selon les indications de Hattie. Quand l'ouverture fut assez large, celle-ci scruta l'entrée du passage.

— C'est bien un tunnel. Ou plus exactement, un tuyau d'écoulement des eaux, pour éviter les inondations.

— Je me fiche bien que ce soit un tunnel ou un tuyau, tant qu'il nous permet de sortir d'ici ! répliqua Beatrix.

Lentement et très prudemment, les sœurs Mouais, leurs parents et Beatrix s'introduisirent dans le boyau.

— C'est moins excitant que la vraie tombe, nota Clémentine.

— Bof, moi, je préfère ces murs tout gris aux hiéroglyphes, protesta Aubépine.

Il faut dire que le gris était sa couleur préférée.

La petite troupe parvint enfin à une haute pile de rochers qui bloquait le passage.

— Un éboulement... constata Hattie. Il va falloir le déblayer.

— Cela va nous prendre une éternité, déplora Beatrix.

— Le mieux que nous puissions faire, c'est travailler en équipe, affirma Bert.

Tous poussèrent, tirèrent et soulevèrent des rochers dans un concert de grognements.

— Je n'ai jamais rien transporté d'aussi lourd, se lamenta Aubépine. Pourtant, en général, c'est moi qui rapporte le panier de provisions !

— Nos paniers me manquent, renchérit Clémentine en s'époussetant le nez d'une main elle-même poussiéreuse. Ce que je donnerais pour pouvoir me régaler de pain rassis, de soda sans bulles et de fromage merveilleusement fade...

— Nous sommes heureux que ces mets vous aient plu, commenta Bert.

— C'était le minimum que nous puissions faire, ajouta Hattie, après vous avoir laissées si soudainement et pendant si longtemps.

— En effet, c'était bien le minimum, admit Aubépine.

— Et de loin ! ajouta Clémentine.

Depuis peu, les sœurs Mouais ressentaient le manque de leurs parents. À présent, elles découvraient une nouvelle émotion, qui faisait rougir leur visage et battre leur cœur à toute vitesse. Leurs poings se fermaient sans même qu'elles le décident et leurs sourcils se fronçaient.

— Nous sommes restées seules pendant des années, rappela Clémentine en toisant Hattie et Bert. Avec, pour nous orienter dans la vie et nous tenir compagnie, un malheureux dictionnaire !

— Quand je pense que vous nous avez *abandonnées* ! cria Aubépine.

Elle souleva une pierre particulièrement lourde pour la déplacer, mais cela n'apaisa pas sa colère.

— Un instant, tempéra Hattie. Nous ne vous avons tout de même pas *abandonnées*.

— Et ce dictionnaire contenait tout le nécessaire pour vous orienter dans la vie et vous tenir compagnie, renchérit Bert. Mais surtout, il y avait Mme Leglas.

— Mme Leglas, la voisine ? demanda Clémentine.

Elle échangea un coup d'œil avec sa sœur, à bout de souffle à cause de cette colère nouvelle et de tout ce remue-ménage. La pierre qu'elle tenait dans ses bras était vraiment lourde.

— Avant de partir, nous lui avons demandé de veiller sur vous, expliqua Bert. Cette bonne vieille Mme Leglas.

— *Vieille*, c'est le mot, assura Aubépine. Elle est morte peu après votre départ !

— Oh, non... Voilà qui explique beaucoup de choses, murmura Hattie en regardant son mari.

— Nous sommes désolés, déclara ce dernier. Et vous nous avez terriblement manqué.

— Nous pardonnez-vous ?

Les sœurs Mouais se regardèrent. Puis, Clémentine poussa un long soupir.

— Oui, je crois, dit-elle.

Aubépine approuva d'un hochement de tête. Elle commençait enfin à reprendre son souffle. Les fillettes constatèrent que la colère était une des émotions les plus désagréables.

— Je l'aimais bien, cette chère Mme Leglas, souffla Bert. Elle raccommodait mes chaussettes. Et toutes les chaussettes du voisinage, si je ne m'abuse.

— Nous avons pris sa relève, indiqua Aubépine.

— Et récupéré son œuf à repriser, ajouta Clémentine.

— Je vous félicite d'avoir su tirer parti de la situation, affirma Hattie. Votre père et moi avons cru prendre la bonne décision en vous laissant à la maison. Nous pensions que vous y seriez mieux tant que vous étiez petites, et que vous nous rejoindriez dans nos aventures quand vous en auriez l'âge.

— Entre nous, ce n'est pas plus mal que vous n'ayez pas eu affaire à Mme Leglas, ajouta Bert. À chaque fois que nous vous faisions rencontrer d'autres enfants ou des personnes pour vous garder, vous vous mettiez à pleurer.

— Ce n'est pas faux, admit Aubépine.

— À votre âge, mes parents ne me quittaient pas du regard, poursuivit Hattie. C'était étouffant. J'aurais adoré apprendre à me débrouiller seule et découvrir la vie comme je l'entendais !

— On a découvert que nous préférions le fromage blanc au fromage jaune. Et on est devenues expertes en reprisage de chaussettes, souligna Clémentine.

— Je me suis découvert une passion pour les nœuds, ajouta Aubépine. Pour les faire et les défaire.

— Ce n'est... pas exactement ce que nous avions imaginé, reconnut Hattie. Mais en tant que mère, je ne peux qu'être fière de vous !

— Eh bien moi, je serai encore plus fière quand nous aurons dégagé ce dernier rocher ! intervint Beatrix.

Tout le monde prit appui sur le bloc de pierre et la pilote compta jusqu'à trois. Lentement, le rocher céda sous l'effet de la poussée, et une grande bouffée d'air frais s'engouffra dans le tunnel.

Le petit groupe se tenait face à un paysage de sable qui s'étendait jusqu'à l'horizon. Beatrix poussa un puissant sifflement, dans l'espoir de voir accourir Cléo.

— Où sommes-nous ? questionna Aubépine.

Bert fouilla ses poches de veston, et sortit une boussole et une carte qu'il se mit à étudier.

— Apparemment, nous nous trouvons dans une vallée à l'ouest de Louxor. Mais où, précisément ? Je ne sais pas.

— Il est peut-être temps de passer au plan M, dit Hattie. Au moins, maintenant, nous sommes libres.

— On est déjà au plan M ? s'étonna Aubépine. J'ai l'impression qu'hier seulement, quand Beatrix est venue nous chercher à Morneville, nous n'étions qu'au plan B.

— *C'était* hier, chérie, assura Hattie.

— Le temps file quand on s'amuse ! assura Bert.

— On est peut-être libres mais on est surtout perdus au milieu de nulle part, fit remarquer Clémentine. Et Victor Gazébo est sur le point de vendre les deux scarabées !

— Il a bien deux scarabées, intervint Aubépine. Mais il n'a pas les deux *vrais* scarabées.

— Que veux-tu dire?

Sa sœur sonda ses poches.

— Tout à l'heure, au bazar, j'en ai acheté un. Il ressemblait tellement à l'original… J'ai pensé que ce serait un chouette souvenir. Alors, quand Victor m'a demandé de lui livrer le scarabée, je lui ai donné le faux.

Elle tendit le vrai scarabée à Hattie, et ses deux parents la serrèrent dans leurs bras.

— Le peuple d'Égypte te doit beaucoup, assura sa mère.

— C'est aussi mon peuple, non?

Hattie acquiesça, les yeux brillants de larmes.

— Tu as accompli un sacré tour de passe-passe, la félicita Bert. Tu dois tenir cela de ma famille de magiciens.

Aubépine sourit fièrement. Les sœurs Mouais avaient appris il y a peu que leur grand-père, Albertus Magnus, était un des plus grands magiciens au monde. Et elles avaient assisté à une performance extraordinaire de la part de leur tante, Mme Magie, également surnommée « La reine de la magie ». La comparaison était donc tout à fait flatteuse.

— Et qu'y a-t-il d'autre d'intéressant dans tes poches? s'enquit Bert.

- Aubépine vida sa tunique. Il s'y trouvait :

- la boîte d'allumettes susmentionnée;

- un grand flacon de crème solaire;

- une ficelle, avec plusieurs nœuds complexes et tous différents;

une poignée de bonbons aux dattes, provenant du stand de confiseries renversé au bazar.

— Mes bonbons préférés! s'exclama Hattie, en gobant une pastille.

Clémentine, qui était en charge des lessives à la maison, était bien contente que ces sucreries aient été découvertes avant que la tunique parte à la machine.

— Impressionnant, dit Bert en inspectant la ficelle nouée.

— Nous voici de retour à la case départ, reprit Hattie. Nous avons un scarabée et Gazébo détient l'autre... qui va bientôt atterrir entre de mauvaises mains. Si seulement nous savions où ces deux hommes se sont donné rendez-vous.

— Une chose est sûre, il nous faut des munitions, déclara Bert en parcourant les poches de son veston.

Il dégaina un pistolet de détresse et tira en l'air.

Aubépine donna un coup de coude à Clémentine, qui avait le nez dans le journal de leur mère.

— Arrête un peu de lire et aide-nous à réfléchir !

— C'est ce que je fais ! protesta Clémentine. Et je réfléchis à mon rêve et aux paroles de Victor Gazébo. Tu te rappelles la dernière phrase ?

— Un truc sur les reines qui sont des rois et les jumelles qui n'en sont pas.

— C'est ça. Je croyais qu'il faisait allusion à maman et à nous. Mais peut-être parlait-il d'un *endroit*...

Elle montra à sa sœur un dessin dans le journal de bord. Hattie écarquilla les yeux.

— Le temple d'Amon à Karnak !

— Il y reste deux colonnes mais l'une d'elles est cassée, releva Clémentine. Comme des jumelles qui n'en sont pas.

— Deux colonnes construites par Hatchepsout, compléta Hattie. La reine qui régna en pharaon !

— C'est cela, forcément ! se réjouit Aubépine.

Elle tapota sa sœur sur l'épaule.

— Pardon d'avoir douté de toi.

— Je n'ai pas toujours raison, admit Clémentine. Mais ça m'arrive parfois.

À cet instant, le silence du désert fut rompu par deux grondements distincts : celui des sabots de Cléo martelant le sol, et le moteur de la voiture d'Omar.

— Je craignais de ne jamais vous revoir ! s'écria-t-il en sautant du véhicule pour embrasser tout le monde.

— Nous devons nous rendre à Karnak, au temple d'Amon ! annonça Bert.

— On a très peu de temps, renchérit Hattie.

— Mon cousin se tient prêt pour vous refaire traverser le Nil, assura Omar.

— Alors, en avant ! lança Beatrix en enfourchant sa jument.

EN CAS DE PROBLÈME, DITES « MAYDAY » TROIS FOIS DANS LE MICRO DE VOTRE CASQUE. L'APPEL SERA TRANSMIS À TOUS LES AUTRES PILOTES ET CONTRÔLEURS AÉRIENS.

On décolle ! avec Ulysse Deuzelles

CHAPITRE 8

Quand Omar stationna sa voiture à l'ombre du temple d'Amon, c'était déjà le milieu de la nuit. Les sites antiques étaient fermés, les touristes, rentrés à l'hôtel et les rues de Karnak, désertes.

— C'est si calme, observa Clémentine.

— Trop calme, estima Bert. Les filles, restez ici avec O pendant que votre mère et moi inspectons les lieux.

— Pas question de vous mettre en danger une nouvelle fois, renchérit Hattie.

Et tous deux s'éclipsèrent.

— On devrait les accompagner, non ? dit Aubépine.

— C'est plus sûr de rester dans la voiture, protesta Omar.

— O a raison, renchérit Clémentine.

— Oui, mais rappelle-toi ce qui s'est passé la dernière fois que nos parents sont partis sans nous, fit remarquer Aubépine. On ne les a plus revus pendant *des années* !

— C'est vrai... admit sa sœur. Désolée, O. On file !

— Ça ne me plaît pas, mais je comprends, répliqua Omar. Moi aussi, j'ai des parents, et je ne leur ai jamais obéi.

Les sœurs Mouais s'approchèrent de l'entrée du temple à pas de loup et se cachèrent derrière un palmier. Une voiture était garée, tous phares allumés, et non loin de là quatre hommes discutaient tout bas. Les sœurs Mouais reconnurent la silhouette de deux d'entre eux.

— Victor Gazébo ! chuchota Aubépine.

— Et Ugo... murmura Clémentine.

Les deux autres hommes étaient en costume, chapeau de feutre et lunettes de soleil bien qu'on soit en pleine nuit. L'un d'eux arborait une cravate rouge et l'autre, barbu, portait un attaché-case.

— Monsieur Rouge, je suppose ? demanda Victor à ce dernier.

Ils s'identifièrent en formant un « V » avec deux doigts.

— Très heureux de faire votre connaissance, dit Victor.

— Je n'en doute pas, vu la somme que je suis prêt à vous offrir pour ces spécimens, répliqua M. Rouge avec un fort accent.

— Et comment ! convint Gazébo d'un large sourire.

Ses dents paraissaient encore plus jaunes au clair de lune.

— Votre offre a surpassé celles de tous les autres candidats, et de loin.

— C'est la valeur qu'ont pour moi ces scarabées. Mais comment m'assurer qu'ils marchent vraiment ?

— Vous pouvez me faire confiance, assura Gazébo. Ils fonctionnent.

— Je ne fais confiance à *personne*, rétorqua M. Rouge, puis avec un sourire : Alors, si nous faisions une petite sieste ?

— Ici ?

— Installons-nous dans votre voiture.

— Très bien.

Ugo déverrouilla les portières et les deux hommes montèrent à bord.

— Il suffit de placer un scarabée sous votre tête, expliqua Victor. Si j'apparais bien dans votre rêve, le marché est conclu.

— Tant que ni vous ni votre acolyte ne tentez de vous enfuir avec le scarabée ou avec mon argent, précisa M. Rouge.

Il se tourna vers le barbu et ordonna :

— Al, veille à ce qu'ils ne tentent rien de tordu.

Al acquiesça et serra plus fort la poignée de l'attaché-case.

— Par chance, je suis capable de m'endormir n'importe où, affirma M. Rouge.

— Et moi, j'ai une technique d'endormissement à toute épreuve, assura Victor. Je l'ai apprise de mon... euh... je veux dire que je l'ai mise au point moi-même, après des années de recherches. Je n'ai qu'à fermer les yeux et à imaginer que je flotte, plus haut, encore plus haut, le long d'un escalier invisible...

— Et maintenant? questionna Clémentine. L'un d'eux a le vrai scarabée mais on ne sait pas lequel!

Aubépine réfléchit.

— J'ai un plan, souffla-t-elle.

— Que dois-je faire ?

— Glisse-toi derrière la voiture. Quand tu m'entendras crier le nom de celui qui a le scarabée, arrache-le-lui et pars en courant.

— Mais toi, comment le sauras-tu ?

— Fais-moi confiance, trancha Aubépine en fermant les yeux et en imaginant un escalier invisible menant à un nid de velours et de plumes.

Clémentine poussa un soupir et obéit à sa sœur. Après tout, celle-ci avait presque toujours raison.

Mais, au moment où elle arrivait derrière la voiture, elle crut entendre un cliquetis. Elle s'avança vers la fenêtre côté passager et jeta un coup d'œil à l'intérieur du véhicule. M. Rouge menottait Victor au volant ! Prise de stupéfaction, Clémentine trébucha et perdit l'équilibre.

Son mouvement attira l'attention de M. Rouge qui tourna la tête.

— Mince... fit Clémentine.

— Clémentine ? chuchota M. Rouge. C'est toi ?

Il baissa ses lunettes de soleil et se pencha en avant. Son regard semblait... familier.

— Tante Magie ? C'est... c'est vous ?

La reine de la magie sourit.

— Oui, répondit cette dernière. Et pas d'inquiétude, nous avons un plan.

— Le plan M, compléta Clémentine en repensant aux paroles de ses parents dans la tombe.

— « M » comme Magie… pour vous servir ! répondit Mme Magie, en soulevant son chapeau.

— Aubépine et moi avons un plan, nous aussi, dit Clémentine en le lui détaillant tout bas.

À cet instant, les parents des sœurs Mouais sortirent de l'ombre. Ils s'approchèrent d'Ugo et de l'homme à l'attaché-case.

— Hein ? Comment vous êtes-vous échappés de la tombe ? questionna Ugo, mais il ne leur laissa pas le temps de répondre. Non, peu importe. Passez votre chemin. Ici, nous faisons des affaires !

— Nous aussi, répliqua Hattie.

Bert sortit son pistolet de son veston et le pointa sur les deux hommes.

Al leva sa main libre. Mais Ugo prit un air sceptique.

— Ce ne serait pas un... pistolet de détresse?

PAF!

Al lui balança sa valisette en pleine figure. Ugo s'écroula.

— Bravo, Albertine! s'écria Bert, en serrant sa nièce dans ses bras.

— Voilà une bonne chose de faite! s'écria la jeune fille en enlevant son costume. Mais, je dois bien l'avouer, porter la barbe commençait à me plaire!

Pendant ce temps, Victor Gazébo faisait le meilleur rêve de sa vie. Il était pharaon au temps de l'Égypte antique. Assises sur un trône d'or, deux ravissantes femmes l'éventaient avec de grands éventails. Il ne manquait qu'une chose.

— L'une de vous aurait-elle vu un homme avec une cravate rouge ?

Pour toute réponse, les femmes sourirent et continuèrent leur travail.

Gazébo se leva. Il regarda autour de lui puis tendit le cou pour mieux fouiller des yeux la salle du trône.

— Monsieur Rouge, je suis ici ! appela-t-il. Où êtes-vous ?

— Juste ici, répondit une voix.

Victor Gazébo tourna la tête et se trouva nez à nez avec Aubépine.

— *Toi* ? Qu'est-ce que tu fais là ?

— Je viens récupérer ce qui ne vous appartient pas, répondit la fillette.

Les femmes qui agitaient les éventails se transformèrent en Nehy et Nefret.

— Les scarabées sacrés des jumeaux sont tous deux en usage, annonça Nehy. Quand les deux scarabées sont en usage, leurs vrais propriétaires sont convoqués.

— Rendez ce que vous avez volé ! s'écria Nefret.

Gazébo baissa les yeux. Des serpents grouillaient au pied du trône.

— *Des serpents* ! hurla-t-il en essayant de les écraser. Non ! De toutes les créatures, pourquoi des *serpents* ?

Il essaya de s'échapper de son trône, sans succès. Les serpents s'enroulaient déjà autour de ses jambes et de ses bras.

— Laissez-moi partir ! Laissez-moi partir d'ici !

— Si vous insistez, répondit Aubépine.

Elle pivota vers Nehy et Nefret et dit :

— Pardon de vous fausser compagnie...

— Rien de grave ! assura Nefret. Cela faisait des siècles qu'on n'avait pas autant ri !

— Des siècles, au sens propre ! renchérit Nehy.

Aubépine sourit à son tour. Puis, elle hurla.

Depuis sa cachette près de la voiture, Clémentine entendit l'appel de sa sœur.

— Clémentine ! C'est Gazébo ! C'EST GAZÉBO !

Clémentine contourna rapidement la voiture. Doucement, elle tira le scarabée de sous la tête de Victor, en tâchant de ne pas le réveiller. Mais, au moment où elle battait en retraite, l'archéologue ouvrit les paupières.

— Cette gamine a pris un des scarabées ! vociféra-t-il.

Il voulut sauter sur Clémentine mais fut retenu par sa main menottée. Il pivota dans son siège pour demander de l'aide à M. Rouge mais se trouva nez à nez avec Mme Magie, en costume-cravate, occupée à faire bouffer sa chevelure.

— Cette « gamine » est ma nièce, annonça-t-elle avec un sourire. Vous avez mal choisi la famille à laquelle vous en prendre, mon petit monsieur.

— Ugo, les clés ! appela Gazébo.

Justement, Ugo avait réussi à échapper à Bert, Hattie et Albertine. Il grimpa dans la voiture au côté de son patron, et lui lança les clés.

À cet instant, Clémentine s'élança. Elle secoua Aubépine pour la réveiller.

— On file ! dit la première.

— Hein… ? fit la seconde, ensommeillée.

— Aubépine ! Clémentine ! s'affola Hattie. Vous deviez rester dans la voiture !

— *Toi,* y serais-tu restée ? demanda Bert.

— Non, probablement pas, admit Hattie.

Du coin de l'œil, Clémentine aperçut Omar au volant de sa voiture.

— Omar ! cria-t-elle. Démarrez ! Démarrez !

Omar s'exécuta. Mais pas de chance : c'est cet instant que choisit le vieux moteur pour se mettre à tousser.

Clémentine jeta un œil par-dessus son épaule. Sa mère et son père n'étaient pas loin – Victor et Ugo non plus, dans leur propre voiture. Mme Magie et Albertine tentaient de faire démarrer ce qui ressemblait à une moto. Et Aubépine ? Où était-elle ?

— Réveille-toi, sœurette ! cria Clémentine. Réveille-toi !

Enfin, Aubépine ouvrit les yeux... et vit les phares de la voiture de Gazébo foncer vers elle. Elle ne put que hurler et refermer les paupières. Et c'est à cet instant qu'une main l'agrippa. Celle de Beatrix, qui la hissa sur le dos de Cléo, toujours lancée au triple galop.

— Accroche-toi ! recommanda l'aviatrice, et Aubépine suivit ce conseil à la lettre.

De son côté, Hattie attrapa Clémentine par la portière arrière de la voiture d'Omar et, d'un coup, la tira sur la banquette. À travers la lunette arrière, la fillette vit le véhicule de Gazébo sinuer et se rapprocher dangereusement. Plus loin, Beatrix et Cléo réduisaient aussi l'écart.

— Où allons-nous ? questionna Omar.

— À la *Bécasse Bleue* ! répondit Bert.

— Dites, O, ce tacot ne pourrait pas aller plus vite ? demanda Hattie.

— J'attendais que vous me le demandiez ! répliqua Omar.

Il appuya un grand coup sur l'accélérateur et tout le monde fut projeté en arrière dans son siège.

Mais Victor Gazébo était tout aussi décidé. À son tour, il appuya de toutes ses forces sur le champignon, collant Omar au pare-chocs, qu'il entreprit alors de cogner à intervalles réguliers.

— Il veut nous forcer à la sortie de route ! s'affola O.

— Qu'est-ce qu'on va faire ? paniqua Clémentine.

Un peu plus loin derrière, Beatrix cria à son tour :

— Il veut les forcer à la sortie de route !

— Qu'est-ce qu'on peut faire ? réagit Aubépine.

— Nous devons créer une diversion !

Aubépine fouilla ses poches et sortit la crème solaire offerte par Ricky.

— J'ai un plan, annonça-t-elle. Est-il possible de doubler Gazébo ?

— Tu devrais avoir compris qu'avec moi, tout est possible ! assura la pilote. Plus vite, Cléo !

La jument allongea sa foulée. Bientôt, elle arriva à hauteur de la voiture de Victor, puis la dépassa.

— C'est parti ! cria Aubépine.

Elle ouvrit le flacon et, en se retournant, appuya dessus aussi fort que possible. Un ruban de crème blanche éclaboussa le pare-brise du malfrat qui, aveuglé, se mit à serpenter sur la route.

Tandis que Cléo accélérait encore, Aubépine vit Ugo se pencher par la fenêtre, le poing brandi.

— Voilà ce qu'on appelle « le travail d'équipe » ! se réjouit la fillette.

VROUM ! VROUM !

Beatrix jeta un coup d'œil en arrière et constata que Victor avait repris le contrôle de sa voiture, grâce aux essuie-glaces qui travaillaient à plein régime.

— Oh, non ! Et, maintenant ? Quel est le plan ? s'alarma Aubépine.

Beatrix pondéra la situation.

— Cette fois, ça risque d'être plus délicat. Tu as déjà fait de l'équitation ?

— À part maintenant, vous voulez dire ?

— Tout ce qu'il y a à faire, c'est tenir les rênes. Cléo s'occupera du reste.

— J'ai peur...

— Moi aussi, mais cela ne doit pas nous empêcher d'agir. C'est ce que font les héros. D'accord ?

Aubépine avala sa salive.

— D'accord.

— En avant ! lança Beatrix, les mollets serrés sur les flancs de sa jument.

Celle-ci esquissa une demi-volte et se rua sur la voiture de Victor. En croisant le regard de l'archéologue, Beatrix agita la main. Il la toisa en retour.

— Accroche-toi bien, compris ? lança Beatrix à Aubépine par-dessus son épaule.

— Compris ! assura Aubépine en se cramponnant aux rênes.

Beatrix sauta.

HOP !

Elle atterrit sur le toit du véhicule.

— Alors, Gazébo, vous m'embarquez ?

— Aaaaah ! s'égosilla le malfrat.

— Raaaaah ! brailla Ugo.

Stupéfait, Victor lâcha le volant.

POUR FAIRE ATTERRIR UN AVION, IL FAUT AVOIR DES COMPÉTENCES ET DE L'EXPÉRIENCE. QUAND VOUS ABORDEZ VERS LA PISTE, ASSUREZ-VOUS QUE VOTRE VOL EST STABLE ET PRÉCIS.

On décolle ! avec Ulysse Deuzelles

CHAPITRE 9

SCRRRRRIIIIII !

La voiture de Victor Gazébo zigzagua et…

CRASH ! Bascula dans un fossé.

Aubépine poursuivit sa route au triple galop.

— Beatrix ! cria-t-elle.

Mais entre la pluie de sable et la fumée, la fillette ne voyait ni n'entendait rien. Elle ne pouvait faire qu'une chose : continuer sa folle chevauchée.

— En avant !

Aubépine s'agrippa aux rênes et à la crinière de Cléo, et elle traversa le désert jusqu'à la rive du Nil où Ahmed attendait avec sa péniche. Omar était déjà arrivé.

— Où est Beatrix ? demanda Hattie.

— Je ne sais pas, répondit Aubépine, en crachant du sable. Elle a sauté sur la voiture de Gazébo, puis le véhicule a zigzagué et fini dans un fossé...

Mme Magie et Albertine apparurent à leur tour sur leur moto. Ahmed expliqua :

— Nous sommes le nombre maximal de voyageurs autorisés.

Tout le monde embarqua et le bateau leva l'ancre.

— Pardon pour notre retard, dit Mme Magie. Cette moto aurait besoin de quelques améliorations !

— Je l'ai trouvée au bord de la route, admit Omar en haussant les épaules. En si peu de temps, c'est le mieux que j'ai pu faire !

Clémentine inspecta la moto avec attention.

— Elle appartenait aux Filles de Sekhmet, constata-t-elle.

— Génial! se réjouit Albertine, en brandissant un canif. Et ça aussi? Il était logé dans un des pneus.

— Ce couteau appartient à Beatrix, expliqua Clémentine. Elle sera très heureuse de le retrouver.

— Moi, c'est Beatrix, que je serais très heureuse de retrouver, murmura Aubépine.

— Beatrix est douée pour beaucoup de choses, à commencer par rester en vie, fit remarquer Omar en sortant un talkie-walkie. Mais j'ai tout de même appelé une ambulance, simple mesure de précaution.

La péniche atteignit bientôt l'autre rive du Nil où patientait la *Bécasse Bleue*.

— Albertine et moi, on file ! annonça Mme Magie. On donne un spectacle à Louxor, ce soir, et il nous reste encore beaucoup de préparatifs.

— Merci pour votre aide, dit Bert en prenant sa sœur dans ses bras.

— Merci pour la moto, répondit Albertine en serrant la main d'Omar.

— Je ne suis pas magicien, mais je peux faire apparaître ce que vous voulez ! assura ce dernier, en tendant sa carte de visite.

Albertine et Mme Magie saluèrent le reste du groupe puis, dans un nuage de fumée, elles s'éclipsèrent.

Hattie annonça :

— Tant que nous ne les aurons pas restitués au Musée du Caire, ni l'un ni l'autre des scarabées ne sera en sécurité.

— Nous ne pouvons aller nulle part sans Beatrix, souligna Bert. Qui d'autre sait piloter un avion ?

— Moi, fit une voix.

Tout le monde se retourna. C'était Clémentine.

— Beatrix m'a expliqué comment décoller et atterrir. Et j'ai lu ceci de A à Z, ajouta-t-elle en brandissant *On décolle ! avec Ulysse Deuzelles.*

Hattie et Bert l'observèrent puis échangèrent un regard stupéfait.

— Tu es sûre ? questionna Bert.

— La vie est trop courte pour ne pas prendre quelques risques, répliqua Clémentine. C'est Beatrix qui me l'a appris. Et vous.

Elle se blottit dans les bras de ses parents.

— Tu es *bien* notre fille, déclara Hattie. Pas de doute !

— Le temps presse... En avant ! s'écria Bert.

Tout le monde monta à bord de l'avion... tout le monde sauf Aubépine. Pliée en deux, elle peinait à reprendre son souffle.

— Que se passe-t-il ? questionna sa sœur.

— Je... je ne peux pas.

— Allons, chérie, ce n'est pas la première fois que tu prends l'avion, fit remarquer Bert.

— Et, à chaque fois, c'est pire... rétorqua Aubépine.

Elle ne supportait même pas de *regarder* l'appareil. Hattie insista :

— Tu viens de traverser le désert égyptien à dos de cheval ! Tu as échappé aux Filles de Sekhmet ! Tu as déjoué les plans de Victor Gazébo, et tu as contribué à nous secourir, ton père et moi !

— Sans oublier que tu as survécu à un enlèvement à bord d'un bateau-pirate et que tu as résolu un mystère à bord du *Terminus Express*, renchérit Bert.

— Je sais... acquiesça Aubépine qui pâlissait à vue d'œil. Mais monter dans un avion... je... je... ne peux pas.

— Ça ressemble à une crise d'angoisse, estima Bert.

— Beatrix appelle ça de l'aérophobie, précisa Clémentine. Ou plutôt *appelait* ça.

À ces mots, Aubépine fondit en larmes.

— Qu'allons-nous faire ? questionna sa sœur.

— Je pourrais rester ici avec Aubépine, et vous deux pourriez partir pour le Caire ? proposa Bert à Hattie et Clémentine.

— Et être à nouveau séparés ? questionna cette dernière, incrédule.

— Pas question, trancha sa mère. Nous sommes une famille, nous devons nous serrer les coudes !

Elle se tourna vers Aubépine et posa la main sur son front.

— Chérie, ferme les yeux, s'il te plaît.

La fillette s'exécuta.

— Imagine que tu flottes haut, plus haut, encore plus haut, le long d'un escalier invisible, récita Hattie, d'une voix douce.

Cela faisait tant d'années qu'Aubépine rêvait d'entendre ces mots de la bouche de sa mère, que l'effet fut instantané.

— Jusqu'à un nid douillet... fait de plumes et de velours... poursuivit Hattie.

Aubépine dormait avant qu'elle ne prononce le mot « plumes ».

Ensemble, Hattie, Bert et Clémentine la soulevèrent et la portèrent jusqu'en haut de la passerelle menant à l'avion. Omar leur fit au revoir et cria, la main en porte-voix :

— L'ambulance est en chemin ! Et je viens d'informer le commissariat de notre position, ajouta-t-il en brandissant son talkie-walkie. Comptez sur moi pour retrouver Beatrix et pour veiller à ce que Gazébo rende des comptes à la justice !

Clémentine compulsa une dernière fois *On décolle ! avec Ulysse Deuzelles*, et se remémora tous les enseignements de Beatrix. Elle vidangea la coque et réalisa les vérifications réglementaires de pré-décollage, puis s'installa à la place du pilote et coiffa le chapeau de Beatrix, ses lunettes et son casque-micro. Elle prit une grande inspiration.

— J'ai le contrôle, annonça-t-elle dans le micro.

Puis, par la fenêtre, elle cria :

— Dégagez la piste !

Enfin, elle actionna le démarreur.

Le moteur de la *Bécasse Bleue* rugit et les hélices s'animèrent. Clémentine poussa le manche pour accélérer sans à-coup. Elle vérifia les instruments de bord et le compteur de vitesse.

— Tous systèmes OK? demanda Hattie.

Clémentine acquiesça. Elle relâcha un peu la manette.

Si le décollage ne fut pas le plus fluide de l'histoire de la *Bécasse Bleue*, celle-ci ne s'en éleva pas moins dans les airs. Ce qui n'était pas rien! Clémentine jeta un œil à Aubépine, qui dormait profondément dans les bras de Hattie. Le sourire aux lèvres.

Dans son rêve, Aubépine était de retour dans le jardin du Palais d'Hiver, sur le banc où, la veille, elle s'était assoupie avec sa sœur. Il faisait un temps splendide, ce qui avait attiré beaucoup de monde. Aubépine eut l'agréable surprise de constater que ni l'éclat du soleil ni la foule ne la dérangeaient. Parmi les promeneurs, deux attirèrent son attention, par leur apparence familière et un peu décalée. C'étaient Nehy et Nefret, qui s'avançaient vers elle.

— Bonjour, lança Aubépine. Que faites-vous ici ?

— Nous voulions te remercier d'avoir contribué à la restitution des scarabées, dit Nehy.

— Quel soulagement pour nous de ne plus devoir hanter les rêves de qui que ce soit ! ajouta Nefret.

— Ça, oui... soupira Nehy en levant les yeux au ciel. Les rêves des autres sont si barbants !

— Je tenais beaucoup à vous aider, répondit Aubépine. Même si ma sœur et moi avons failli y laisser la vie, et plus d'une fois.

— Tu parles de cette aventure comme d'une mauvaise expérience, pointa le garçon.

— Eh bien, cela dépend. Parfois, c'était amusant, comme lorsque j'ai appris à monter à cheval, à exploiter au mieux mes poches, à résoudre des énigmes et à déjouer les plans d'un escroc. Même l'enlèvement par des gangsters et l'emprisonnement dans la tombe de votre père n'étaient pas si terribles, maintenant que j'y pense. Mais à la fin, je n'ai pas réussi à monter toute seule dans l'avion. J'avais trop peur.

— Tu as eu mille autres façons de démontrer ton courage, souligna Nehy.

— Parfois, nous sommes dépassés par nos peurs, reconnut Nefret. Quand nous étions petits, Nehy et moi étions terrorisés par beaucoup de choses : le noir, les chiens, l'eau...

— Les araignées ! rappela son frère. N'oublie pas les araignées.

— Et ? Comment avez-vous surmonté ces peurs ?

— Nous ne les avons pas surmontées, répondit Nefret.

— Parce que nous sommes morts, précisa Nehy.

— Ah, fit Aubépine. En effet.

— Si seulement nous avions passé moins de temps enfermés dans nos peurs, et plus à profiter de la vie... soupira Nefret.

— Comme tu as raison ! approuva son frère.

— J'ai presque toujours raison, souligna la fillette.

— Ce rêve est beaucoup plus clair que les précédents, constata Aubépine. C'est agréable quand tout est limpide !

Trois silhouettes surgirent à cet instant : Hattie et Bert, tractés à toute vitesse par Clémentine, dans le vieux chariot rouge.

— Youhou ! criait Bert en écartant les bras comme les ailes d'un avion.

— Tu peux aller plus vite ? demanda Hattie.

— Puisque tu me le demandes... répondit Clémentine, en tirant plus fort sur la poignée.

Aubépine adressa un clin d'œil aux jumeaux égyptiens.

— Disons... *presque* limpide !

— Au revoir, répondit Nefret.

— Où allez-vous ?

— Clémentine et toi, vous avez retrouvé votre famille, expliqua Nehy. Il est temps pour nous de retrouver la nôtre.

— Rendez-vous dans l'autre monde ! lança sa sœur.

— Oui... pourvu que ce ne soit pas pour tout de suite !

Les jumeaux disparurent en agitant la main. Aubépine sonda les alentours. Elle perçut, au loin, les rires de ses parents et de sa sœur.

— Attendez-moi ! cria-t-elle en s'élançant. Il reste de la place dans le chariot ?

ÉPILOGUE

Le jour où la lettre arriva, Beatrix était en convalescence à Casablanca.

— Je peux tout à fait aller chercher moi-même le courrier, affirma-t-elle.

— Oh que non, répliqua Ricky. Ta jambe cassée et toi, vous avez besoin de repos.

Elle parcourut le paquet de factures, de catalogues et de publicités, et c'est alors qu'elle vit la carte postale.

CASA
GAZETTE

Chère Beatrix,

Pardon de ne pas vous avoir écrit plus tôt, nous avons été bien occupés... Après la restitution des scarabées au Musée du Caire, nous sommes allés visiter les endroits préférés de maman, et avons découvert des tas de choses sur nos ancêtres égyptiens. Nous avons encore beaucoup de choses à apprendre mais c'est un bon début... Vous ne pensez pas ?

Ensuite, au cours de nos vacances en famille, nous avons fait la connaissance d'un agent secret. Notre nouvelle mission : sauver le monde de la destruction complète !

Nous espérons que vous et Ricky vous portez bien – ainsi que Paris, bien sûr !

Affectueusement,

Aubépine, Clémentine

Et Hattie et Bert.

— Ils ont l'air de bien s'amuser. N'est-ce pas, chérie? demanda Ricky en tapotant gentiment la carapace de Paris.

Beatrix tenta de se gratter la jambe sous le plâtre.

— Quand est-ce que je serai débarrassée de ce machin? gémit-elle. Ça me démange tellement.

— De partir à l'aventure, tu veux dire!

Quelques mois plus tard, à des milliers de kilomètres, une mouette se posa sur la proue d'un navire. Dans son bec, elle transportait une lettre.

— Ah, merci, Lamouette, dit la seconde capitaine – une ancienne pirate prénommée Grâce.

Puis elle siffla :

— Capitaine! Y a du courrier!

— Encore une de ces stupides loteries, j'parie... maugréa Debois. J'ai jamais rien gagné, moi!

— C'est une lettre d'Aubépine et Clémentine... et d'leurs parents ! s'exclama Grâce en tenant la missive à bout de bras pour la lire ensemble.

Ohé, du bateau ! Toutes nos excuses de ne pas vous avoir écrit plus tôt – nous étions affairés à bord du Terminus Express *à résoudre un mystère, puis en Égypte à déjouer les plans de leur ennemi juré avec nos parents. Enfin, nos vacances en famille ont quelque peu dérapé...*

À présent, nous visitons le Musée de l'Hautaine et venons de trouver un message des plus énigmatiques... À coup sûr, c'est l'indice d'un complot international auquel nous allons nous atteler (tout en échappant aux assauts d'un redoutable adversaire qui nous traque depuis quelque temps).

Vous nous manquez !

Baisers,

Aubépine, Clémentine, Hattie et Bert

— Ça alors ! Visiblement, elles se sont lassées des romans d'aventures, et ont eu envie d'en *vivre* !

Grâce renifla la lettre, puis la passa à Debois, qui fit de même.

— Hmm... Cette bonne odeur d'épices !

Plus tard, la même année, dans les coulisses de leur nouveau spectacle à succès, Mme Magie et Albertine se reposaient après la représentation. Un machiniste leur apporta deux bouquets de leurs fans, ainsi qu'un colis. Celui-ci contenait une salière et une poivrière à l'effigie des Oscars, mais aussi une lettre.

Hello de Hollywood, en Californie ! Ici, tout est incroyable… mais pas comme vous l'imaginez ! En effet, un crime a été commis au Café noir, et la police semble incapable de le résoudre. Nous aurons sans doute besoin de vacances après cette petite escapade américaine !

Bye,

Aubépine, Clémentine, Hattie et Bert

— Hollywood, soupira Albertine. J'ai toujours rêvé d'y aller !

— Il suffisait de le dire ! répliqua Mme Magie en levant un sourcil.

Mlle Timbre était épuisée. Depuis quelque temps, elle occupait le poste de cheffe du Bureau de Poste de Morneville (mais aussi unique employée), et elle n'avait pas pris un seul jour de congé.

Par chance, elle adorait son travail – contrairement à son prédécesseur, M. Bartleby.

Tous les matins, elle triait le courrier entrant. Elle aimait voir la provenance des lettres et des colis, particulièrement, car elle-même ne voyageait jamais, faute de vacances. Ce jour-là, le tri était spécialement intéressant parce qu'une des lettres lui était adressée. À l'intérieur de l'enveloppe, elle trouva une invitation.

INVITATION

À : UNE FÊTE DE RETOUR AU BERCAIL

DE LA PART DE : Aubépine, Clémentine,

Hattie et Bert

OÙ : Chez nous, sur la route de Morneville

QUAND : Ce samedi, à l'heure de votre choix

ON VOUS ATTEND DE PIED FERME !

— Samedi ? murmura Mlle Timbre en consultant son calendrier. Mais, c'est aujourd'hui !

Elle termina consciencieusement de classer le courrier, puis attrapa son chapeau et son manteau.

— À demain ! lança-t-elle… à personne, puisqu'elle travaillait seule. Mais cela lui semblait la moindre des politesses.

Et, en partant, elle accrocha sur la porte une affichette préparée pour l'occasion.

FERMÉ, POUR CONGÉ POSTAL

Quand Mlle Timbre arriva chez les sœurs Mouais, la fête battait son plein. Il y avait des pirates, des magiciennes et d'autres encore à l'allure étonnante – même M. et Mme Lamiette, de l'épicerie de Morneville, étaient là... Après tout, c'étaient eux qui avaient livré leurs paniers de provisions aux jumelles pendant toutes ces années ! Et ils n'étaient pas venus à la fête les mains vides, mais avaient apporté du soda sans bulles, du pain rassis de la veille et du fromage en tranches blanc pour les sandwichs.

Grâce chantait un de ses nouveaux chants marins et Debois l'accompagnait à la matelote, tout en battant la mesure avec sa jambe de bois. Dans la cuisine, Clémentine et Hattie étaient aux fourneaux, et la fillette expliquait à sa mère les avantages et les inconvénients de couper le fromage à l'horizontale. Hattie prenait des notes dans son journal tout neuf. Tante Magie et Bert réalisaient des tours de cartes sur le canapé, et Aubépine montrait à Omar comment faire des nœuds complexes. Pendant ce temps, Beatrix, Ricky et Albertine essayaient de convaincre Paris de sortir de sa carapace.

— Oh, mademoiselle Timbre ! Quelle joie de vous voir ! s'exclama Clémentine.

— Quelle joie d'avoir été invitée, répondit la postière. Il y a du monde !

— Attendez un peu d'avoir fait leur connaissance, répliqua Clémentine.

— Donnez-moi votre manteau, proposa Aubépine.

Celui-ci était pratiquement dépourvu de poches, mais la fillette n'en admira pas moins les ourlets et autres plis subtilement cousus.

— La maison est en meilleur état que la dernière fois que je vous ai vues, remarqua Mlle Timbre.

— Elle avait besoin d'un petit coup de ménage, convint Clémentine avec entrain.

— Et de nouveaux meubles ! ajouta Aubépine.

— Vous devez être heureuses d'être rentrées chez vous.

— Oui, acquiesça Aubépine. Mais c'est transitoire. Nous repartons la semaine prochaine.

— Où cela ?

— C'est un secret, répondit Clémentine.

— Dommage que vous repartiez si vite. J'aime quand vous êtes là !

— Nous aussi, admit Aubépine.

— Mais vous savez ce que c'est d'être une famille, ajouta Clémentine. Être chez nous, c'est être ensemble !

— Nous devrions trinquer à cela ! décida Aubépine. Je vais servir du soda à tout le monde.

— Je viens t'aider, proposa Clémentine, avant de lancer à la postière : nous revenons tout de suite ! En attendant, goûtez donc un de ces sandwichs. Le fromage n'a *absolument* aucun goût !

Mlle Timbre était bien d'accord. Le fromage n'avait absolument aucun goût. Sans parler du pain complètement rassis et du soda sans bulles... Mais ces détails étaient amplement compensés par l'ambiance, la musique entraînante et la foule joyeuse. Dans le fond, la monotonie d'Aubépine et Clémentine était charmante. Et tenace.

Et surtout très divertissante... bien que cela soit involontaire.

DÉCOLLAGE IMMÉDIAT !

Ne leur en déplaise, Aubépine et Clémentine poursuivent leurs aventures sans nous !

La trilogie des *Aventures involontaires des sœurs Mouais* touche à sa fin, mais avant de partir vers de nouveaux horizons, nous vous invitons à attacher vos ceintures et venir profiter des derniers bonus !

CONNAIS-TU CES DÉESSES ÉGYPTIENNES ?

Isis est la déesse funéraire et de la magie, sœur et épouse du dieu des morts Osiris. Elle est représentée comme une femme coiffée d'un disque lunaire entre deux cornes de vache, parfois dotée d'ailes de faucon, dont elle se servit pour ressusciter Osiris après son assassinat. Le temple funéraire de Séthi Ier (à Abydos) réserva au culte d'Isis l'une de ses sept chapelles intérieures. Son culte, qui promettait à ses initiés la vie dans un autre monde après la mort, était très répandu, jusque dans l'Empire romain.

Bastet est la fille du dieu du soleil, Rê. Elle est la déesse bienveillante du foyer et du chat domestique. Déesse de la joie, elle aime la musique et la danse, et est représentée sous une forme humaine avec une tête de chat ornée de boucles d'oreilles. Cette divinité bienveillante protège les hommes contre les maladies contagieuses et les mauvais esprits. Pour plaire à Bastet, ses fidèles lui consacraient des statues de chats, et avaient coutume d'enterrer pieusement des cadavres de chats momifiés dans ses sanctuaires.

Sekhmet, sœur de Bastet, est la déesse lionne, représentant la fureur destructrice du soleil pouvant provoquer la chaleur et les épidémies meurtrières. Seuls les rites d'apaisement pouvaient calmer la déesse et ramener la paix sur la Terre. Elle est souvent représentée sous la forme d'une femme à tête de lionne assise sur un trône, coiffée d'une lourde perruque surmontée par un disque solaire orné d'un cobra. Sekhmet tient une sorte de croix ansée, appelée ânkh, symbole de vie. On découvrit en 2017 à Louxor 27 statues en granite de 2 mètres de haut de Sekhmet. Ce nombre vient s'ajouter aux 287 statues de cette déesse déjà retrouvées depuis les années 1990.

QUI ÉTAIT HATCHEPSOUT ?

Rares sont les civilisations antiques qui toléraient qu'une femme gouverne. Dans la langue de l'Égypte antique, le mot « reine » signifie « épouse du roi ». Or on ne peut pas tout à fait qualifier Hatchepsout de reine, puisque son mari était déjà mort depuis sept ans lorsqu'elle fut couronnée. Elle devint pharaon vers - 1478, et régna jusqu'en - 1457. Elle exerça le pouvoir de manière pacifique et sage, et permit à l'empire de s'étendre vers le sud de l'Égypte, grâce à des expéditions commerciales.

Hatchepsout employa le grand architecte Inéni, qui avait travaillé pour son père et son mari, et entama des transformations en abandonnant la brique de terre crue pour la pierre. Cela favorisera l'extension de chaque temple progressivement au fil des règnes, notamment ceux de Karnak et de Louxor, qui attirent beaucoup de touristes aujourd'hui.

Le règne d'Hatchepsout fut glorieux, et elle accomplit ces avancées dans une monarchie théocratique (c'est-à-dire que le souverain est divin), où les détenteurs du pouvoir ne toléraient pas qu'une femme prenne le rôle de pharaon. Cela expliquerait pourquoi, une vingtaine d'années après sa mort, on tenta d'effacer son souvenir en détruisant ses effigies et en martelant son nom gravé dans la pierre.

Le principal monument construit par Hatchepsout est le grandiose temple funéraire à Deir el-Bahari dans une falaise de la montagne thébaine où 120 sphinx montent la garde devant l'entrée. Elle meurt dans la vingt-deuxième année de son règne, âgée d'une cinquantaine d'années. La momie d'Hatchepsout a été identifiée en 2007, un siècle après sa découverte.

À PROPOS DE L'AUTRICE

Kara LaReau est née et a grandi dans le Connecticut. Elle est titulaire d'un Master de création littéraire et d'édition de l'université Emerson de Boston, et a occupé des fonctions éditoriales chez Candlewick Press, et Scholastic Press. Elle est autrice de plusieurs albums publiés par Megan Tingley Book, Roaring Brook Press entre autres. Kara vit à Providence, dans l'État de Rhode Island, avec son mari, leur fils et leurs deux chats.

À PROPOS DE L'ILLUSTRATRICE

Jen Hill est diplômée de la Rhode Island School of Design, où elle a étudié l'illustration pour la jeunesse. Elle a illustré plusieurs albums pour les éditions Viking Books, Charlesbridge, Simon & Schuster, entre autres. Jen a collaboré à la réalisation de plusieurs programmes télévisés pour la jeunesse dont *Time Warp Trio* (Discovery Kids Channel), *Home Movies* (Cartoon Network) et *Sesame Street English*. Elle vit à Brooklyn, avec son mari et son jeune stagiaire, Little Bee, qui se montre très serviable pour un chat.

NOTE DE L'AUTRICE

Chaque tome des sœurs Mouais a été pour moi, en tant qu'écrivaine, une aventure involontaire. *Hissez haut!* était mon premier roman pour pré-adolescents ; *Terminus !*, mon premier policier ; *Mayday !* est mon premier livre dont l'action se situe dans un lieu réel, avec une histoire et une culture (très riche), que j'ai souhaité présenter de façon juste et respectueuse. J'ai très tôt su qu'il me faudrait l'appui d'un équipage pour faire décoller cette histoire.

J'ai eu la grande chance que James P. Allen, professeur d'Égyptologie à l'université de Brown, titulaire de la chaire Wilbour et président de l'Association internationale d'égyptologie, m'accorde son aide généreuse, échange avec moi et accepte de relire des versions bien précoces de mon manuscrit. Le Professeur Allen m'a apporté de précieuses informations logistiques sur les voyages à Louxor et sur l'archéologie ainsi que les enjeux éthiques de cette science ; il m'a enfin éclairée sur certains aspects fascinants de l'Égypte ancienne que j'ai utilisés tels quels pour la plupart, de manière romancée pour d'autres. (Par exemple, un passage a vraiment été découvert il y a peu dans la tombe de Séthi Ier, mais celui-ci ne mène nulle part, et Séthi Ier ne fut jamais père de jumeaux communiquant entre eux au moyen de scarabées magiques. Enfin, si Sekhmet était bel et bien une déesse égyptienne, j'ai le regret de vous apprendre qu'il n'y eut de gang de motardes-tueuses semant le chaos en son nom. Susan, l'épouse du Professeur Allen, archéologue d'expérience comme lui, m'a elle aussi apporté son expertise. Je suis très reconnaissante du savoir qu'ils m'ont tous deux transmis et du fait que nous soyons quasi-voisins à Providence dans l'État de Rhode Island aux États-Unis – comme diraient les sœurs Mouais, c'est ce qu'on appelle une aubaine.

Je remercie Julia Boyce de m'avoir présenté le pilote Allyn Copp, que je remercie à son tour d'avoir vérifié tous les aspects de *Mayday!* touchant à l'aéronautique.

Je remercie également Barry Goldblatt, merveilleux agent et transporteur de bagages à ses heures ; Tamar Brazis, éditrice-cascadeuse ; le redoutable gang de Abrams/Amulet ; Jen Hill, artisane aux doigts de fée, qui rendraient jaloux l'illustre Huya ; mais aussi mes déesses et amies Anika Denise et Jamie Michalak, grâce auxquelles j'ai réussi à exhumer cette histoire d'une ruine de brouillons épars. Et, bien sûr, je n'aurais rien pu accomplir sans les copilotes de mon cœur, Scott et Camden, qui continuent de m'inspirer chaque jour et de me pousser vers de nouveaux sommets.

En parlant de sommets, c'est pour nous tous une chance immense que des héroïnes telles que Bessie Coleman, Amelia Earhart et Nellie Bly aient existé et persévéré dans leur voie, et je suis particulièrement heureuse qu'il existe d'abondantes archives sur leur vie – on retrouve un peu d'elles dans le personnage de la fameuse, devrais-je dire *femmeuse*, Beatrix Anciel. Si vous voulez en savoir davantage sur les femmes qui ont fait face à l'adversité et qui ont vécu d'incroyables aventures, je vous suggère de vous documenter sur les précurseuses de Beatrix – vous me remercierez plus tard.

Dire au revoir à Aubépine et Clémentine est pour moi un crève-cœur, mais j'espère recroiser un jour leur chemin, involontairement peut-être. Les créer, elles et leurs histoires, a été une des choses les plus difficiles et les plus géniales que j'aie entreprises de ma vie – jusqu'à présent, du moins. J'espère que ces fillettes vous ont diverti, et peut-être donné envie de vivre à votre tour quelques aventures. Comme l'a dit une femme très sage : « La vie est sans intérêt si on ne prend jamais de risque et si on ne relève aucun défi. »

DANS LA MÊME SÉRIE

Les Aventures involontaires des sœurs Mouais
Tome 1 : Hissez haut !
Kara LaReau, Jen Hill

Les Aventures involontaires des sœurs Mouais
Tome 2 : TERMINUS !
Kara LaReau, Jen Hill

DANS LA MÊME COLLECTION

Les Lapins de la Couronne d'Angleterre
Santa Montefiore, Simon Sebag Montefiore, Kate Hindley

La Légende de Maurice
Philip Reeve, Sarah McIntyre

Maverick ville magique - Mystères et boules d'ampoule
Églantine Ceulemans

Le Temps des Mitaines
Loïc Clément, Anne Montel

DÉCOLLAGE IMMÉDIAT : LITTLE URBAN !

www.little-urban.fr

@editionslittleurban @little.urban

LES AVENTURES INVOLONTAIRES DES SŒURS MOUAIS – MAYDAY !
Titre original : *The Unintentional Adventures of the Bland Sisters: Flight of the Bluebird*

Dépôt légal : juin 2021
Loi n° 49-956 du 16 juillet 1949 sur les publications destinées à la jeunesse.
ISBN : 978-2-3740-8516-6
Première édition
Adaptation graphique : Éloïse Jensen - Traduction : Rosalind Elland-Goldsmith
Little Urban, 57, rue Gaston Tessier, CS 50061, 75166 Paris Cedex 19

Achevé d'imprimer en mai 2021 en Italie sur les presses D'Auria Printing,
Zona Industriale Destra Tronto, 64016 Saint'Egidio Alla Vibrate (TE).